光文社文庫

文庫書下ろし

鬼灯《ほおずき》ほろほろ
九十九字ふしぎ屋 商い中

霜島けい

KOBUNSHA

この作品は光文社文庫のために書下ろされました。

目次

第一話

五月雨《さみだれ》長屋

一

糸のように細い雨が、昨夜から降りつづいている。

梅雨に入った江戸の町は、どこもかしこも重ったく濡れそぼっていた。空は薄墨《うすずみ》を流したような雲に閉ざされ、もう幾日も陽が射さないせいで、仲夏《ちゅうか》というのにひやりと肌寒い。

店《たな》の表口に立ったるいは、くしゅんとひとつくしゃみをして、単《ひとえ》になった着物の袖の上から二の腕をさすった。

音なく降る雨は、静かで陰気だ。店の中は昼間も薄暗いし、柱や畳が湿気《しけ》っていつもみたいに張り切って掃除をする気にもなれない。降りみ降らずみの毎日に早くも飽き飽きして、るいは恨めしく戸口から空を見上げた。

せめて客でもいれば気が紛れるだろうに、九十九字屋《つくもじや》は今日も盛大に閑古鳥《かんこどり》が鳴いている。糠雨《ぬかあめ》にけぶる堀端《ほりばた》の通りには行き交う人の姿とてなく、物売りの声も聞こえなかった。

「ああ、くさくさするねぇ」

座敷ではナツが火鉢に寄りかかり、灰に埋めてある炭を火箸でつついていた。湯を沸かすための火種だが、そこにさらに炭を足して火の色を強めてから、鉄瓶を置いた。

「一年のうちでこの時期が一番嫌だよ。雨は苦手なんだ。おまけに薄ら寒くてさ」

「殊勝《しゅしょう》に猫らしいことを言いやがる」

座敷の壁からぬっと顔を突きだして、作蔵《さくぞう》が言った。

「そりゃ、猫だもの」

「化けがつくじゃねえか」

「あんたこそ、ぬりかべのくせにここで雨宿りかい」

「悪いか。じめっと雨に濡れたままじゃ、黴《かび》が生えちまわ」

作蔵は、普段は店の蔵の壁に居座っている。妖怪なのだから雨ざらしでも応《こた》えなそうなものだが、こうしてぶつくさ言うのは、人間であった時からの習いなのだ。もともと左官《さかん》職人だった作蔵は、長雨の時には仕事にならないと、もっぱら長屋でふて腐れて寝ていたものだった。

ところで不貞寝《ふてね》といえば、もう一人。店主の冬吾《とうご》も、もう昼前だというのに二階の部屋に閉じこもったまま顔を見せない。

ほどなく炭の上の鉄瓶が、しゅんしゅんと湯気をあげはじめた。

「お茶でも淹《い》れましょうか」

「ああ、ほどほどに熱いのを頼むよ」

猫舌だからねとナツはすまして言う。

「はあい」

るいはクスッと笑って、店の中に戻った。

「おや」

二人でゆるりと茶を飲んでいると、ふとナツが耳をすませるような仕草をした。猫が何かの気配を察してぴんと耳を立てるみたいに。

「誰かがやって来るようだ」

るいには足音も聞こえないのに、そんなことを言う。

「誰でしょうね、こんな日にわざわざ」

と、呑気《のんき》に答えたるいに、ナツは苦笑した。

「あんたね、店に来るなら客にきまっているじゃないか」

「え、お客？　……あ、そうか⁉」

悲しいかな、客を迎えるのが久しぶりすぎて、ぼんやりしてしまった。るいは慌てて立ち上がると、

「お父《と》っつぁん、隠れて！」

「あいよ」

作蔵の顔が壁の中に引っ込んだのを見届けてから、戸口へ素っ飛ぶ。その間にナツは二人分の湯呑《ゆの》みを手早く片付け、るいがちらと振り返った時には、三毛猫の姿で火鉢のそばに丸まっていた。

表に出ると、ぬかるみに難儀しながら路地を歩いてくる人影があった。丸顔で恰幅《かっぷく》のよい初老の男だ。身なりはそこそこ良く、お大尽《だいじん》とはいかないまでも、堅いお店の主人かご隠居さんといった風情《ふぜい》である。

「お邪魔しますよ。北六間堀《きたろっけんぼり》の九十九字屋さんというのは、こちらかね」

軒下に入って傘をすぼめると、出迎えたるいに男は丁寧な口ぶりで訊《たず》ねた。

「はい。九十九字屋はうちですが」

「この店ではその、……奇妙な出来事の相談にのってもらえるとか」

あやかし絡みのと、口ごもってつけ加えたところをみれば、自分でも半信半疑なのだろう。『不思議』を商品として扱う店があるなどと聞いたところで、たいていの人間はなんだそりゃと首をかしげるのがせいぜいだ。それでも通りから路地に入って九十九字屋にたどり着いたということは、この人物はそのあやかしとやらにすでに係わってしまっていることになる。この店にあやかしと無関係の者が近づくことは、できないのだから。

るいは「はい」と大きくうなずいて、

「失礼ですが、どなたかのご紹介でしょうか？」

「いいや、人伝《ひとづて》の噂でここのことを聞いたものでね。思い立ったその足で来てしまいましたが、もしや一見《いちげん》はお断りでしたかな」

「あ、大丈夫です。一応、お訊ねしただけですので。——今、主《あるじ》を呼んでまいりますから、どうぞ中に入ってお待ちください」

男がホッとした顔をしたので、これはずいぶんお困りのようだわとるいは思った。どちらかというとこの客は、怪異にみまわれて怯《おび》えているというよりも、心底困惑しているという様子に見える。

単純なもので、客がいるというだけでさっきまでの退屈で鬱々《うつうつ》とした気分は吹っ飛んだ。さすがに浮き浮きしては相手に悪いので、努めて神妙な顔を保ちつつ、るいはさあどうぞと相手を店に招き入れる。そうして、客が手拭《てぬぐ》いを取りだして濡れた着物を拭っている間に、急いで二階にいる冬吾を呼びに行った。

初老の客は、次郎兵衛《じろべえ》と名乗った。るいが想像したとおり、深川で吉河屋《よしかわや》という油屋を営んでいたが、昨年に連れ合いを亡くしたのを潮に息子に店を譲って、今は隠居の身だという。

「浮き世の煩《わずら》わしさからようやく解放されて、あとはのんびりと気ままに余生を送るつもりでいたのですよ」

などと年寄りじみたことを言っていても、次郎兵衛は見たところ五十を幾つか過ぎたくらい、髪もまだ黒く、背筋も伸びていたって壮健そうだ。案の定、独り身の気楽さで長屋に住居を移して暮らしはじめたのはいいが、すぐに暇を持て余すようになったらしい。若い頃から商い一筋、働きづめに働いてきて風流とも道楽とも縁がなく、いやどうにも野暮《やぼ》なことですが……と、目の前の冬吾におっとりと言い訳するように言って、次郎兵衛はるいが出した茶を飲んだ。

のんびりと隠居暮らしを楽しむはずが、そののんびりの仕方がわからない。世間から見れば何とも贅沢《ぜいたく》な悩みであろうが、ともかく次郎兵衛は途方にくれたらしい。店を切り回していた時と同じように夜明け前には目がさめる。すると、さて一日どう過ごせばよいかが、もうわからない。日々の食事の支度や家事などは、毎日吉河屋から通ってくる女中がすべて手抜かりなくやってくれるから、次郎兵衛本人は耄碌爺《もうろくじじい》のごとくぼうっと座って茶を啜《すす》るか、長屋の子らの遊び相手でもしているしかなかった。

「はあ、なるほど」

それは張りがないでしょうと言いながら、寝起きの冬吾は欠伸《あくび》を噛み殺してなどいるが、

(なんだかちょっと、気持ちはわかるわね)

お盆を抱えたまま座敷の隅で話を聞いていたるいは、胸の内でこっそりうなずいた。

客がいなくて日がな一日店の掃除と雑事ばかりしている奉公人としては、今日はこの

あと何をすりゃいいのかと途方にくれる気持ちは、ちょっとどころか、とてもよくわかる。立場は違っても、退屈に貴賤はない。

しかし次郎兵衛の場合、無聊《ぶりよう》をかこっていた時間はさほど長くなかったようだ。長屋に移ってひとつきほど、暇だ暇だとぼやいていたら、ならばいっそ同じ町内にある別の長屋の差配をやらないかと、地主から声がかかったというのだ。

「なんでも、そちらで長年務めていた差配さんが突然、病《やまい》で倒れてそのまま療養せねばならなくなったとかで」

その地主とは商売を通じての知り合いで、次郎兵衛が隠居後の移り先を探していた時にも、便宜を図って自分の土地の持ち屋を紹介してくれたという。

これ幸いと話を受けることにして、次郎兵衛は住んでいた長屋を引っ越した。それが、昨年の霜月《しもつき》のこと。先代の差配から大家株を譲り受け、今度は店子《たなこ》ではなく新参の差配人として、家移り先におさまったというわけだ。

「ご存じのように、地主に雇われた差配の仕事というのは、長屋を管理して店子たちから店賃を取り立てることばかりではありません。地主に代わって町役人の務めを果たしたり、交替で自身番に詰めたりということもせねばならないわけで、おかげさまでぼんやりとしている暇はなくなりました」

次郎兵衛はそこでふと黙り込むように、湯呑みを取り上げてまた口に運んだ。

「しかし、それなりの気苦労も多いでしょうな」

冬吾は気のない相づちを打つ。

「吉河屋からは、それこそ道楽が過ぎると呆《あき》れられておりますよ」

次郎兵衛は微笑した。そうして手にした湯呑みに目を落とし、小さくため息をついたのを見て、るいはあれと思った。

差配人は「家守《やもり》」や「大家」とも呼ばれる。一体に「大家は親も同然、店子は子も同然」と言われるように、長屋の住人の世話を細々と焼くのが差配人の役目である。教養があって面倒見の良い人間でなければ務まるものではない。

地主に見込まれて長屋を預かったのなら、次郎兵衛はそういう人物なのだろう。こうして話していても、言葉の端やちょっとした素振りに鷹揚《おうよう》な人柄を感じさせる。とはいえ、初めて差配の仕事についた次郎兵衛にとって、昔から長屋に住みついている住人たちの相手は骨の折れることに違いない。信頼を得るまでは、へたをすれば舐めてかかられ、店賃の取り立てもままならなくなる。自分で背負い込んだとはいえ、やはり気苦労は多いことだろう。

と、相手の事情を慮《おもんぱか》るのはそこまでにして、ところでこのお客様のご用件は何かしらとるいは思った。

九十九字屋の客となるからには、まさか長屋の住人とのいざこざを愚痴《ぐち》るために来たわけではあるまい。

火鉢の横にいた三毛猫が、尻尾でぱたんと畳を叩いた。客の用件が気になるのはあやかし両名も同じであったらしく、次郎兵衛の視界に入らない壁の隅っこに作蔵が顔を突きだして「えい、焦《じ》れってぇ」と口だけ動かすのを見て、るいは(駄目よお父っつぁん、引っ込んで)と慌てて手で払う仕草をした。

「察するにあなたが差配を務めておられるその長屋で、あやかしが係わる事件が起こったというところですか」

頃合いだと考えたのだろう。冬吾のほうから相手に水を向けた。

ここまで来ておきながら、次郎兵衛は本心ではまだ躊躇《ためら》っていたようだ。おのれは馬鹿げたことを言おうとしているのではないか。口にしたところで、果たして信じてもらえるのか。そもそも不可解な話を、他人にどのように説明すればよいのか。——怪異に初めて出会ってしまった人間の、ありがちな迷いだ。

そうでもなければ、自分はどこそこの長屋の差配人で、実はこれこれの出来事があったので解決してほしいと、さっさと本題に入っていたはずである。

「ええ。……そのとおりです」

次郎兵衛は丸い顔を曇らせると、先と同じため息をついて、掌《てのひら》でくるんだままだった湯呑みをようやく茶托《ちゃたく》に戻した。

「こちらに相談を持ち込んで何とかなるものならばと、藁《わら》にも縋《すが》る思いで訪ねてまいったのですが、どうにも、その」

口が軋《きし》んでしまいました、うちの油を舌にでも差してくれればよかったと、冗談とも言い訳ともつかぬことを言って、笑んだ。

「よろず不思議、承り候」

冬吾は言い放った。

「どういう噂を耳にされたかは知りませんが、この店は『不思議』を商品として扱っております。そして不可解なモノや現象といった、人の良識や経験の範疇にない『不思議』はあなたが思うよりも数多く、この世に転がっているものなのです。人は何かのはずみに偶《たま》さか、そういうモノに出くわすことがある。手に負えなければ、私のような商売の人間が、お手伝いをするというだけのことです。何も特別なことじゃありませんよ。餅は餅屋、大根は八百屋、鰯《いわし》は魚屋と言うではないですか」

言うかなあ、餅屋以外は聞かないけど、とるいは思う。

「なに、あやかしも死者の霊も当方にとっては飯のタネ、あなたが油を売って商売をなさっていたのと些《いささ》かの違いもないでしょう。そう考えて、どうぞ気を楽になさってください」

「は、はあ」

油とあやかしを飯のタネでひとまとめにされて、次郎兵衛は目を丸くする。しかし、ぴしぴしとした冬吾の物言いに気圧《けお》され、「なるほど、そういうものかも知れない」という気にはなったらしい。

無用に張っていた力を抜くように肩を下げると、次郎兵衛は長屋に起こった出来事を語りはじめた——。

それはこの年の、睦月《むつき》のことだ。

差配人として初めての年越しをどうにか滞りなくすませ、新年を迎えてほっとしたのも束の間、店子の一人で、弥吉《やきち》という男が長屋で頓死《とんし》した。

弥吉は四十半ばの独り身で、病を患《わずら》っていた様子もなく、他の住人たちが言うには前日までは元気に仕事に行っていたという。

だが道端の天水桶《てんすいおけ》に氷が張るほど冷え込んだその日、昼近くになっても弥吉は戸を閉め切ったまま、姿を見せなかった。不審に思った長屋のおかみさんたちがかわるがわるに外から声をかけたが、いっこうに返事はない。これはおかしいというので中に入ったところ、本人は筵《むしろ》を敷いた床の上ですでに冷たくなっていた。

「それがどうも、奇妙な死に方で」

亡骸《なきがら》に傷はなかった。苦しんだあともなく、まるで眠ってそのまま朝になっても目をさまさなかったように見えたと、次郎兵衛は言った。

「ただ、本当に寒い日でございました。私もすぐにその場に駆けつけたのですが、家の中には火の気はなく、火鉢の種火さえも消えていて、外と変わらぬほどに冷えておりました。前の晩に弥吉が酔ってふらつきながら帰ってきたのを見かけた者がおりましたから、おそらく前後不覚に酔っぱらって着の身着のまま、夜具もかぶらずに寝込んでしまったのだろう。それで寒さで心の臓が止まってしまったのだろうということになりました」

「つまり、凍死ということですか」と冬吾が返す。

「弥吉の家は畳も置いていませんでしたから。足袋《たび》を穿《は》いていても、足の指先がじんじんとかじかむほど床板が冷たかったのをおぼえております。家の中であろうとそんなところにじかに寝ていれば凍えても仕方がないと、そういうことに」

それって、もしかしてその弥吉さんという人は、酔っぱらってどこかですっ転んで、打ち所でも悪かったんじゃないかしらと、るいは胸の内でこっそり思った。お父っつぁんがそうだったもの。もっともお父っつぁんの場合は、その場でぽっくり逝《い》っちまったのだけど。弥吉さんは長屋までは戻ってきたけれど、その後で息が止まっちまったってこともあるんじゃないかしら。

もちろん、るいは神妙な顔のままでいて、けしてそんなことは口にしなかった。分をわきまえた奉公人というのは、客と主の会話に口をはさんだりはしないものだ。

それに、こう言っちゃなんだが死んでしまった本人にしてみれば、どっちだって大差はないだろう。しいて言えば、酒が悪い。

冬吾はちょっと考え込むようにしてから、

「あなたはその男の死因に、納得なさっていないのでは？　先に奇妙な死に方と言われましたが、話をうかがったところでは、弥吉という男が死んだのは不運ではあったけれども、とりたてておかしな点はないように思えますがね」

「いえ、私は……」

次郎兵衛は首を振ってから、それをかしげた。

「納得するもしないも、弥吉は誰かに殺《あや》められたわけではありません。不幸な出来事で、気の毒なこととは思いましたが、凍えて死んだということで決着がついたものを、あれこれ詮索《せんさく》する理由もありませんでしょう。長屋から葬式を出してそれで終わったこと、差配人の仕事をきちんとひとつ務めたと、私は考えておりました」

だが。

長屋の住人たちが言いだしたのだ。弥吉さんの死に方はどうも奇妙だと。

「話を聞けば、弥吉は普段は酒など飲まなかったというのです。たまに誘われても、自分は下戸で酒は一滴も飲めないからと頑として断っていたそうで。少なくとも長屋の者たちは、弥吉が酔ったところなど一度も見たことがなかったというのですよ」

ところが死ぬ前の晩、弥吉はへべれけになって帰ってきた。隣に住む巳助《みすけ》という若い職人が、ちょうど厠《かわや》に立ったところで弥吉に出くわしたらしい。

——どうしたんだい弥吉さん。あんた酒を飲んだのかい？

巳助が驚いて声をかけると、

——なに、祝杯さ。

呂律《ろれつ》が回らないながらも弥吉が晴れ晴れと笑って答えたので、巳助はさらに驚いたそうだ。

「と言いますのも、弥吉は日頃は無口な男で、話しかけたところでにこりともせず、必要なこと以外は言葉にしないような人間だったと。……いえ、これも長屋の者たちから聞いたことです。恥ずかしながら新参者の私はその頃はまだ、店子たちの人柄やら暮らしぶりまでは把握しておりませんでした。せいぜい名前と顔と仕事、過去の素行やら家族が何人やら誰が店賃を滞納しているかといった、通り一遍のことしか頭に入っていなかったありさまで。……まあ、彼らの人柄も何も、結局最後までわからずじまいでしたが」

最後の部分を独り言みたいにぼうっと呟《つぶや》いてから、次郎兵衛は我に返ったように首をふった。

「ともかく、弥吉は寡黙《かもく》で他人を寄せつけないところがあったようです。それでも長屋総出の行事などには欠かさず顔を出していたし、会えばきちんと挨拶《あいさつ》もしたそうで、他の店子たちとは親しいつきあいはなくとも、嫌われていたわけではなかったのでしょう」

その酒が飲めないはずの無口な男が、なんと別人のように酔っぱらって声をあげて笑っていたから、巳助は驚いたのだ。

何の祝いだったのかと訊ねても、弥吉はニヤニヤとしているだけだったが、別れ際にこんなことを言った。

——巳助さん、あんたにも世話になったな。あんただけじゃない、ここの連中は皆、俺みたいな男に本当によくしてくれた。ありがてえこった。

「まるで永の別れの挨拶のようでございましょう？　巳助はこの話をしながら、弥吉さんは自分が死ぬことがわかっていたんじゃないかと、青い顔をしておりました」

長屋の住人たちの中には、もしや弥吉は何かでヤケでも起こして、端《はな》から凍え死ぬつもりで飲めない酒をかっ喰らったんじゃないかと言い出す者もいたらしい。

「死ぬつもりの人間が、祝杯などあげますかね」

冬吾は目鬘《めかずら》みたいな大きな眼鏡《めがね》の奥で眉を寄せた。

ともあれ死因に疑問があるのではなく、本人が死ぬ前の言動が奇妙だったという話である。

「しかし……もしかすると長屋の者たちが言ったとおりなのかもしれないと、思わぬでもないのですよ」

「弥吉は自死したと？」

ええ、と次郎兵衛は表情を翳《かげ》らせる。

「何かのっぴきならないことでもあったのではないかと、後になって思いました。店子が困っていれば、親身になって相談にのるのが差配人の務めです。けれども私は、その頃はまだ、弥吉とはろくに言葉を交わしてはおりませんでした。いえ、弥吉でなくとも馴染《なじ》みのない私を恃《たの》んで悩み事を打ち明けようという者は、いなかったでしょう。前の大家さんならこんなことにならなかったかもしれないと、陰で店子たちが言っていたことも知っています」

店子たちに悪気はないだろうが、それは次郎兵衛が気の毒というものだ。差配人になってまだ間もないうちの出来事なら、本人が言うように馴染みがなくても仕方がないのだ。

しかし、次郎兵衛は重いため息を吐《つ》いて言う。

「何も知らなかったことが、今となっては悔やまれます。私が、弥吉のことをもっとよく知ってさえいれば――」

冬吾は素っ気なくさえぎった。

「先にも申しましたが、その男が自分で死んだとは思えませんね。そして本人に死ぬ気がなく、不運にもうっかり命を落としたのなら、他人が何を知っていようと止める手だてなどありませんよ」

「しかし」

「それで、その弥吉が化けて出るということですか？　祟《たた》りでもしましたか？　あなたが弥吉は自死したのかもしれないと仰《おつしや》るのは、彼がみずから命を絶つほどの悩みか難事を抱えていて、それが未練となって未だ成仏できずにいるのだと、そうお考えだからではないですか」

次郎兵衛は目を瞠《みは》った。そうして、うなずいた。

「ええ。仰るとおりです」

ようやく話が見えてきた。長屋に死んだ弥吉の幽霊が出る、というのだ。

「弥吉が死んでからというもの、立てつづけに気味の悪いことが起こりましてね」

「ほう。たとえば」

「まずは葬式の後、家に残されていた弥吉の持ち物を片付けようとした時のことでした」

住人がいなくなった家は、早々に空けて次の店子を入れる準備をしなければならない。引き取り手のない家財道具を処分するのも、差配人の仕事である。死人が出た家を嫌がる者は多いから、当面は店賃を下げることになるだろうと、次郎兵衛は考えていた。

だが、すぐにそれどころでない話となったのだ。

「中に入ろうとしたのですが、弥吉の家の戸が開かなかったのです」

戸口はどこの長屋にもあるような腰高障子《こしだかしょうじ》だ。最初はたてつけが悪いのかと思って何度も揺すって引き開けようとしたが、戸はびくともしなかった。

「たてつけのせいではないことは、すぐにわかりました。障子の桟《さん》に手をかけても、妙に引っかかりがなく、指がつるつると滑るのです。なんと言いますかこう、手応えがなく上から引っ掻いているだけのような案配《あんばい》で」

次郎兵衛は片手で空を引っ掻くような仕草をして、言った。

戸口の前で首を捻《ひね》っていると、何事かと長屋の住人たちが寄ってきた。わけを聞いてそんな馬鹿なと笑った者たちも、代わる代わるに障子に手をかけて、皆、差配人と同様に首を捻ることとなった。

「裏側の障子ならば開くのではないかと思ったのですが、そちらも同じでした。数人がかりで引いても、ぴったりと閉まったまま動かないのです。ええ、一寸《ちょっと》の隙間も開きませんでした。ついには店子の一人が短気をおこして、棒で障子をたたき壊そうとまでしたのですが」

薄い障子紙に破れ目一筋、つくることができなかったという。

「そうなると店子たちもさすがに気味が悪いと思ったようで、誰からともなく、これは弥吉の仕業《しわざ》ではないかと言いだしまして」

――弥吉だ。弥吉が幽霊になって、中にいるに違《ちげ》えねえ。

「滅多なことを言うものではないと、私は彼らを窘《たしな》めました。けれども、胸の内では何とも嫌な心持ちがしたものです。こう、冷たい手で背中をつうっと撫《な》でられるような」

閉ざされた表の戸と裏の障子。長屋の一室のその空間に、死人の黒い影がぼうっと佇《たたず》んでいる。障子紙を一枚隔《へだ》てた向こうに、今この瞬間にも……と、そんな光景が頭に浮かんで、次郎兵衛はぞっとした。

何日経《た》っても、何度試してみても、弥吉の家の戸は開かなかった。

まあ葬式がすんだばかりだ、本人は自分が死んだことに気がついてないのだろう、なに四十九日も過ぎれば成仏するだろうよ、などと気丈なことを言っていた長屋の住人たちも、口で強がるほど平気ではなかったようで、皆、閉まったままの戸口から無理にも目を逸《そ》らせて生活しているのが、次郎兵衛にもよくわかった。

「近所でも噂になって、さっそく幽霊長屋などと呼ばれるようになりましてね。それでも皆、しばらくの間のことと薄気味悪くても我慢していたのでしょう」

しかし四十九日が過ぎても、何も変わらなかった。戸が開くことはなかったのだ。

「さすがにどうにかせねばならないと思いまして、弥吉の位牌《いはい》を預けてある寺にお願いして、長屋で祈禱《きとう》をしてもらったのです」

「ほう、それで」

はいと次郎兵衛はうなずいた。経を唱えられて観念したのか、戸は開《あ》け閉《た》てできるようになりました、と。

「それまでのことが嘘のように、するすると簡単に開いたのでございますよ。そうなると、まだ手つかずの弥吉の持ち物を片付けないわけにはいきません。まだ陽のある昼間のうちでしたから、思い切って中に入ることにしました」

野次馬根性で居合わせた店子たちも、おそるおそる戸口から中をのぞき込み、そうして、皆が一様に「あっ」だの「うっ」だのと声をあげた。

次郎兵衛自身も、ひどく驚いた。脳裏に思い浮かべていたように、黒い影が家の中に佇んでいた——というのではない。

閉め切られていた家の中は空気がかすかに澱《よど》んで、埃《ほこり》っぽかった。それでも裏の障子ごしの柔らかな光で、室内は十分に明るく見えた。

そこに。

「蛙《かえる》がいたのです。何匹も」

……蛙？

「え、あの、蛙って、こんな雨の日に道端でぴょんぴょん跳ねている、あの蛙ですか?」

るいは思わず身を乗りだし、冬吾が顔をしかめているのを見て慌てて口をおさえた。しまった、あたしったらまたやっちまったわ。

しかし次郎兵衛はるいに顔をむけると、ええ、ええとうなずいた。

「その蛙です。どこからどうやって入り込んだのやら、蛙が家のそこここを、それこそぴょんぴょんと跳ね回っていたのですよ」

「それで、どうなさったのです?」冬吾は訊ねる。

「驚きましたし気味悪くも思いましたが、よく見ればどこにでもいるただの蛙です。どこかに隙間か穴でも開いていて、そこから入り込んだのだろう。そう思うことにして、店子たちの手を借りて全部外に追いだし、ようやく家の中を片付けおえました」

ふむ、と冬吾は鼻白《はなじろ》んだように呟く。

「人間が入ることのできなかった場所に、蛙がいた。しかも隙間や穴があったとしても、鼠《ねずみ》か他の動物ではなく、蛙ですか。なるほど妙だ」

次郎兵衛は弱々しく微笑《ほほえ》んで、妙だと考えなければその時はそれで終わる話だと思ったのですよと言った。つまり、それで終わりにはならなかったのだ。弥吉の幽霊もまだ出ていない。

　店賃を下げたおかげで、次の店子はすぐに入った。独り身の棒手振《ぼてふり》で、幽霊長屋の噂を聞いても笑い飛ばすような物怖《ものお》じしない男だったが、これがなんと十日も経たないうちに逃げるように長屋を出ていってしまった。

「毎晩、夜中になると、天井から蛙が落ちてくるというのです。一匹や二匹ではない、何十匹もの蛙が、寝ているとぱたぱたと夜具の上にまで落ちてきて、そこいらじゅうを跳ね回る。ところが朝になると、それが全部、いつの間にかどこかに姿を消していたのだそうです」

　また、蛙だ。

　もしかしたら弥吉さんという人は、よほどの蛙好きだったのかしら。そうでなければ反対に、生きているうちにどこかで蛙の恨みをかったとか……でも蛙の恨みって何だろうと、るいは首をかしげた。

　それにしたって、毎晩天井から蛙が落ちてくるというのは、なかなかの怪異だ。

（ろくすっぽ寝られやしないもの。それじゃ誰でも逃げだすわよね）

「そのすぐ後に、弥吉の家の戸はまたも開かなくなりました」次郎兵衛はふうと疲れたような息を吐いた。

「弥吉の幽霊が出ると店子たちが言いはじめたのも、その頃からです。夜に家の前にぼうっと立っている弥吉を見たとか、朝早く長屋の木戸から出ていく姿を見かけたとか。井戸のそばに一人でいた時に背後から声をかけられ、振り向いても誰もいなかったが、あれは確かに弥吉の声だったと言う者もおりました。隣家の者は、弥吉の家から呻《うめ》き声がするのを壁ごしに何度も聞いたそうです」

そうなるともういけなかった。噂だけならともかく、本物の幽霊長屋になってしまっては、住人たちもたまったものではない。そもそも弥吉が死んで最初に戸が開かなくなった時から、長屋の人々の暮らしに少しずつ、不安や恐怖の翳りが落ちはじめていたのだ。それがついに、くっきりとしたかたちになってしまった。

「怖がるなと言うほうが無理でございましょう。店子たちは相次いで長屋を出ていってしまいました。巳助などは、幽霊の一人くらいどうってことはない、かえって酔狂でいいじゃないかなどと嘯《うそぶ》いておりましたが、家移りするのは真っ先でしたからな。先に話しましたように巳助の家は弥吉の隣でしたから、薄い壁越しに声が聞こえるというのが気味が悪くて堪《たま》らなかったのでしょう」

店子のほとんどがよそへ移ってしまい、次郎兵衛の長屋は空っぽに寂《さび》れてしまった。まだ残っている者もいるが、店賃を下げなければすぐにも出ていくと主張しているらしい。

「弥吉のことをもっとよく知っていればと申し上げましたのは、こうなっても私には、どうすればいいのかさっぱりわからないからなのですよ。弥吉の未練は何なのか。天井から落ちてくる蛙は、一体何なのかと」

考えても考えてもわからないのだと、次郎兵衛は肩を落とした。

「せめて思い当たるふしでもあれば、対処の手だてもあって、こんなことにはならなかったのではないかと思うばかりで」

長屋から店子がいなくなるという事態になってもなお、手をこまねいているしかなく、次郎兵衛は困り果てていた。差配人の器量不足ゆえのこと、これでは長屋をまかせてくれた地主にも申し訳ない。寄り合いや町役人の務めに出れば奇異な目で見られ、吉河屋の息子夫婦などはそれみたことか、これを機に大家株を売って差配人をやめてほしいとまで言ってきた。

けれども。

「ここで全部放りだして、私までが逃げてしまっていいわけはない。きっと何か、弥吉には成仏できない理由があるはずです。ならばそれを誰かが聞いてやらねば、いいや、聞いてやるのが私にできるせめてもの務めかと思うのですがね。このままでは、あの長屋を立て直すこともままなりませんし」

正直、私も幽霊は怖《おそ》ろしいですがと、次郎兵衛はため息をつく。

彼自身は、弥吉の霊を見かけたことは一度もないらしい。それがほっとするような、死んでも差配人として頼ってもらえないのが口惜《くちお》しいような、ともかく話を聞いてやりたくとも聞きようがないと、憮然《ぶぜん》としたように言った。

「差配人の心意気ですね」

無愛想ではあるが、皮肉でも嫌味でもない冬吾の口ぶりである。きっとこのご隠居さんは誠実な人なんだわと、るいも思った。ずっと真摯《しんし》に商売をつづけて、自分のためにも他人のためにも骨身を惜しまずに働いてきた人なのだろう。

次郎兵衛は首を振ると、ほろりと苦く笑った。

「いえいえ、ただの意固地でございます。お恥ずかしいことですが、隠居の道楽と言われて我を張ってしまいまして、あげくに引くに引けなくなった有様《ありさま》で。そもそも差配人としては何ひとつまともなことをしていないのですから、心意気とは口幅ったいことです」

次郎兵衛は湯呑みを取り上げ、すぐにそれを置いた。空になっていることに気づいて、るいは急いで茶を淹れなおすために立ち上がった。

「まだ若い娘さんが、このような話を聞いて怖ろしくはありませんか」

茶を運んできたるいに目を向けて、次郎兵衛は訊《き》いた。

「大丈夫です。あたしは、慣れていますから」

ほう、と次郎兵衛は感心したらしい。

「しっかりしたものだ。やはりこういうお店で奉公をしていると、不思議なことを見聞きすることも多いのでしょうな」

「ええ、まあ」

それどころか、お父っつぁんは妖怪のぬりかべで、小さい頃から生きている人間と区別がつかないくらいはっきりと死んだ人の霊が見えて、ついでにそこの火鉢の横で欠伸をしている三毛猫は普段は美女の姿をしている化け猫です、なんて言ったらこの人はどんな顔をするだろう。

「その娘には私の仕事の手伝いをさせています。いささか変わり者ですが、あやかしに対しても物怖じしないので、重宝しております」

冬吾がぼそぼそと言った。

(変わり者だなんて、冬吾様に言われたくありませんけど)

るいは気づかれぬ程度に頬をふくらませたが、次郎兵衛はいっそう感心したようにほうほうとうなずいた。

「ところで、お訊ねしたいことがあるのですが」

「はい」

真顔に戻って、次郎兵衛はふたたび冬吾に顔を向けた。

「弥吉のことです。そちらの長屋にはいつから住んでいたのですか?」

「店子になったのは八年前です。前の差配人が残した帳簿には、そう書かれておりました」

「仕事は何を?」

弥吉はいろいろな商売をしていたようだと、次郎兵衛は言った。裏を返せば決まった仕事があったわけではない。より実入りのよい仕事を求めて、日銭稼ぎも多かったらしい。聞くところによると、料理屋の下働きに雇われることも普請場に出ることもあったし、内職をかけもちすることもあったという。

「とにかく朝から晩まで休みもせず、よく働いていたようです」

「独り身でそれだけ働いていれば、家に畳を入れるくらいの金はありそうなものですがね」

冬吾が言うと、次郎兵衛は「それが……」と曖昧《あいまい》に首を捻った。

「畳を買うなり借りるなりができなかったのではなく、金を惜しんでそうしなかったらしいのです。弥吉の暮らしぶりは、貧乏暮らしに慣れた長屋の住人たちでさえ感心するほどつましいものでしたようで」

弥吉さんは稼いだ金を何に使っていたんだろうと、他の店子たちは不思議がっていたらしい。というのも、弥吉の持ち物を処分した時に家の中に金など一銭もなかったからだ。葬式代も次郎兵衛が出したほどである。

稼いだ金を貯め込んでいたのでなければ、実はこっそりと金のかかる遊びをしていたのではないか、よそに世話をしている女がいてそちらに稼ぎを渡していたのではないか、いやいやきっと借金が山ほどあったせいでいくら働いても汲々《きゅうきゅう》としていたに違いない、などと長屋の住人たちはいっとき、寄ると触ると弥吉の金の行方《ゆくえ》についてあれこれ想像を逞《たくま》しくしていたと次郎兵衛は言う。……その後の幽霊騒ぎで、すぐにそれどころではなくなってしまったが。

「なるほど」と冬吾は呟くと、あごを撫でながら考え込んだ様子だ。

おそらくこれは、本人――弥吉の霊に訊くのが一番早い。

死者の未練が何なのかがわかれば、それこそ次郎兵衛が言うように手だてもみつかるだろうし、よほど素っ頓狂な理由でもなければ成仏させることはそんなに難しくはないはずだ。

問題は、とるいは思う。

(蛙だわ)

長屋の怪異はふたつ。弥吉の幽霊と、天井から落ちてくる蛙である。

蛙だって言いたいことがあるとか、恨みがあるとか、よっぽど腹に据えかねることがあって出てくるのではなかろうか。

(だけど蛙から話を聞くのって、難しそう)

冬吾様はどうするつもりかしらと、るいは店主の顔をうかがい見た。が、冬吾はいつものごとく愛想もなく、ぼさぼさの髪と大きな眼鏡の奥に表情を隠したまま、次郎兵衛にうなずいて見せた。

「承知しました。明日にでも、そちらの長屋にうかがうことにいたしましょう」

「では、助けていただけますので」

「実際にどういう有様かを見てみなければ、確かなことは言えませんが。手を尽くすことは、約束しますよ」

ありがたい、と次郎兵衛は早くも肩の荷を下ろしたように、安堵の表情を見せた。畳に手をついて、頭を下げた。

「どうかよろしくお願いいたします」

二

翌日。雨はやんだものの、空には相変わらず薄墨のような雲が垂れ込めていた。しっとりと重い空気は、水とぬかるんだ泥の臭いがした。

「おい」

次郎兵衛の長屋へ向かう道すがら、るいが四苦八苦しながら水たまりをよけて歩いていると、唐突に冬吾が訊いた。

「おまえも作蔵も、蛙は平気か?」

え、とるいは首をかしげる。

「ええと、平気と言うか、好きでも嫌いでもないです。それとお父っつぁんが苦手なものは蜘蛛《くも》と毛虫と蛇とヤモリなので、蛙は大丈夫だと思います」

ならいいと、冬吾は素っ気なく言った。

「いちいち悲鳴をあげられては、仕事にならんからな」

「はあ」

長屋があるのは深川《ふかがわ》の南、油堀《あぶらぼり》を越えた先の伊沢町《いざわちょう》である。表長屋の次郎兵衛を訪ねると、さっそく裏へと案内された。

「こちらです」

長屋の木戸から一歩路地に踏み入ったとたん、るいは思わずたたらを踏んだ。仰天《ぎょうてん》して、わっと声を漏らす。見れば冬吾も同じように、足を止めていた。

(なに、これ……)

どこを見ても、蛙だらけだ。

緑だったり土色だったり灰色だったり、大きいのやら小さいのやら、とにかく路地のあちこちを我が物顔に蛙が跳ね回っている。この有様だと厠や、住人が家移りした後の家の中にまで入り込んでいるに違いない。井戸に蓋がしてあるのは、そうしなければ蛙が中に飛び込んでしまうからだろう。

「これ全部、天井から落ちてきた蛙ですか？」

呆気《あっけ》にとられてるいが言うと、すでに路地の半ばに立っていた次郎兵衛は申し訳なさそうな顔で「いやいや」と首を振った。

「その辺りの蛙です。おそらく、この前を流れる川から上がってきているんでしょうな。どういうわけか皆、このようにうちの長屋へ集まってくるのですよ。追い払ってもきりがないので、もう諦めました」

聞けば梅雨に入ってからはずっとこの有様だという。

（そりゃあ、雨が降れば蛙は元気なものだけど）

こんなにいっぺんにたくさんの蛙を見たのは初めてだわと、るいは思った。これではたとえ幽霊が出なくても、気持ちが悪くて住んでなどいられないだろう。とすると、まだ残っているという店子はよほど肝が太い。厠も井戸も使いづらいだろうに。

何にせよ、この蛙の群れも弥吉が原因であることは間違いなかった。

(弥吉さんが蛙を呼んでいるのかしら。それとも蛙のほうで勝手に弥吉さんのところへ集まってきているのかしら)

一体どういう因縁だろうと、るいは半分呆れた気分で考える。

「確かに、こいつらはただの蛙だな」

冬吾が路地を眺め渡して、うんざりしたように言った。その後で、あやかしのほうがまだマシだと、小さくつけ加えた。

「冬吾様?」

おかしなことを言うわね、あやかしと普通の蛙だったらあやかしのほうがいいなんてと、るいは傍《かたわ》らの冬吾を見上げた。

「なんでもない。——行くぞ」

冬吾はむっつりとしたまま、蛙が跳ねていない地面を探るようにして、足を踏みだした。

弥吉の家は木戸から見て右手側の、奥から二軒目であった。

「このとおりです」

その前に立って次郎兵衛は戸に手をかけたが、やはり開かない。なるほど、つるつると指が桟の上を滑っているように見える。

「失礼」

冬吾は次郎兵衛と入れ替わるように前に出ると、寸の間思案してから、ほとほとと腰高障子を叩いた。

「弥吉さん、邪魔するよ。私は九十九字屋の冬吾という者だが、あんたに話したいことがあるんだ。ここを開けてもらえないか」

生きている人間に声をかけるようにして、また戸を叩く。

すると、戸がことんと音を立てた。

後ろでるいが目を瞠っていると、では入るよと言って冬吾は障子の桟に手を添えた。戸は難なく、するすると開いた。

「これは一体……？」

次郎兵衛は目を丸くした。

「ここはまだ、弥吉さんの家なんですよ」と、冬吾は何事でもないように言う。「自分の家に他人が挨拶もなしに勝手に出入りすれば、腹も立つでしょう。戸締まりも厳重にしようかという気にもなるものです」

「あ、はあ……」

わかったようなわからないような顔で曖昧にうなずいている差配人を尻目に、冬吾はさっさと家の中に入っていった。が、そのまま狭い土間で立ち止まる。後ろにつづこうとしたるいは、その背中に鼻をぶつけそうになり、慌てて横に顔を突きだして座敷をのぞき込んだ。

(あ、いる)

隅っこに、戸口に背を向けて座っている人影があった。ずんぐりとした中年の男だ。色の褪《さ》めた綿入れを着ているのは、死んだのが寒い時期であったから仕方がない。

もちろん、弥吉である。冬吾の言うとおり、死者となってもまだここに住んでいたのだ。

(よっぽどこの場所に未練があるのかしら。さもなきゃ、自分が死んだことに気がついていないのかも)

土間に突っ立ったまま冬吾がいつまでも動かないのを訝《いぶか》しく思いながら、るいは幽霊の姿をもっとよく見ようと、冬吾の背後から身を乗り出した。

その時、弥吉が座ったまま、首だけをこちらに巡らせた。

あら、ずいぶんと大きな口だわ。顔色が土気色なのは死人だからしょうがないとして、なんだか変わった顔をした人だ。目と目の間がびっくりするくらい広いし、その目も丸くてぎょろりとしている。それに、鼻はどこにあるんだろう。顔の真ん中に開いている二つの穴がそうかしら……と、しげしげと相手を見つめてから、

「わあっ」

るいは仰天した。

「どうしましたか。弥吉の幽霊がいましたか？」

戸口の外にいた次郎兵衛が、不安そうに声をかけてくる。冬吾とるいの背中ごしに、爪先立《つまさきだ》つようにして中をのぞき込むが、それでもしきりに首を捻っているところをみると、どうやら彼には幽霊そのものが見えていないらしい。

家主を見て悲鳴をあげるとは失礼だぞと冬吾に咎《とが》められて、るいは首をすくめた。

「す、すみません。……でもあの、本当にあれが弥吉さんなんですか？」

いや、あれはどう見ても。

「弥吉以外の、誰だというんだ。蛙は平気だと言っていなかったか？」

「蛙は平気ですけど、蛙の顔をした人間か、そうでなかったら着物を着て正座している人間くらいある蛙を見たら、誰だって驚くと思います」

という主従のやりとりが聞こえたのかどうか、座敷の隅にいた蛙の顔をした人間だか人間の格好をした蛙だかは、喉《のど》をふくらませると、「げこっ」と言った。

「あのお、あなたは弥吉さんなんですよね？」

「げっげっ」

「どうしてまだ成仏せずに、ここにいるんですか？　何か思い残すことがおありなんでしょうか」

「げこっ、ぐわっ、げっげっげ」

「蛙がお好きなんですか？」

「ぐわ」

困ったわ、とるいはため息をついた。相手が何を言っているのか、さっぱりわかりゃしない。

冬吾と次郎兵衛は、少し前に二人して長屋を出ていった。その次郎兵衛はやはり弥吉の姿が見えておらず、弥吉の顔が蛙になっていると冬吾に言われて初めて、目をむいて驚いたものだ。

「弥吉が蛙に……。そ、そのようなことがあるのですか？」

「実際、そうなっていますので」

「九十九字屋さん、この長屋に一体、何が起こっているのでしょうか」

「それをこれから調べます。できればここではなく、もっと落ち着いた場所でお話をしたいのですが」

蛙が跳ね回っていないところでと冬吾が言うと、次郎兵衛はわかりましたとうなずいた。

「では、うちへおいでください」

あたしはどうすればとるいが訊くと、何でもいいから弥吉と話をしていろとの冬吾の返答だった。

「でもあたし、蛙の言葉なんて知りませんけど」

「話しかけていれば、人間の言葉を思い出すかもしれん」

「そんなぁ」

というわけで、一人残されたるいは弥吉と一緒に座敷の隅っこに座って、さっきからせっせと話しかけていたのである。

(こっちの言うことは、通じているのかしら)

それで思い出した。あたしったら、まだちゃんと挨拶もしていなかったじゃないの。るいは居住まいを正すと、

「申し遅れました。あたしは九十九字屋に奉公をしております、るいと申します」

頭をさげると、弥吉は喉をふくらませて「げこっ」と一声放ち、同じようにぴょんと頭を低くした。

(あ、今、なんか通じたみたい)

ちょっと嬉しい。そうなるとげんきんなもので、蛙の顔もなかなか愛敬《あいきょう》があるように思えてくる。

あらためてじっくりと見ると、弥吉は顔以外は人間の姿をしている。人の格好をした蛙ではなく、蛙の顔をした人間だと考えるのが正しい。頭には髷《まげ》がのっているし、揃え

た膝に置いた手も、裾からのぞく脛《すね》や足も、土気色ではあるけど形はまぎれもなく人間のそれだ。ただし、首はない。喉はあるが、顔から下がそのまま肩につながっているせいで、背中がずんぐりとして見えたのだ。

なりはそんなだが、化け物ではなくてやっぱりちゃんと――という言い方もへんだが、ともかくちゃんと幽霊だ。

（悪霊とか怨霊でもなさそうだし）

おまえは霊を見た目でしか判断していないと冬吾によく言われるけど、見た目だけでもそれくらいはわかる。

（こんなに人の好《よ》さそうな蛙の顔をしているんだもの）

それに、とるいは思った。

（この人、座り方がきれいだわ）

そんなささいなことひとつでも、相手の性格や生業《なりわい》を知るよすがとなるものだ。

弥吉は端からきちんと正座をして、背筋もしゃんと伸ばしていた。それでいて、しゃちこばったふうでもない。こういう座り方をするのは――。

（お店の手代さんとか、かしら）

躾《しつけ》の行き届いた店の奉公人。るいが知っている中では、一番それに近い気がする。

(でも、弥吉さんはお店に勤めていたわけじゃないわよね)

いろいろな仕事をしていて、日銭稼ぎも多かったと次郎兵衛が言っていた。

「うーん」

首をかしげたるいだが、今は考えても仕方がないとすぐに思いなおした。

弥吉は左右に離れた目で、時おりゆっくりと瞬《まばた》きなどしながらるいを見ている。その目を見ようと思ったら自分も目の玉が右と左に分かれてしまいそうだったので、顔の真ん中の鼻の穴を見つめながら、るいはもう一度話しかけた。

「弥吉さん。あのですね、あたしが言っていることはわかりますか?」

「げこっ」

「う、どっちなんだろ」

そうだ、と思いついた。

「言っていることがわかるなら、はいとうなずいてください」

はいといいえだけでも意思の疎通はできると思ったのだが、しばらく息をつめて待っていても、弥吉はうなずかなかった。

駄目かと、るいはがっかりした。

(本当に人間の言葉を忘れちまってるみたい)

さっきはるいが頭を下げたから、自分も挨拶を返したのだろう。礼儀正しい人ではあるようだ。

その時、目の前の壁の表面がぞぞっと波打った。

「まったく、長屋の壁ってなぁ薄っぺらくていけねえや。窮屈でかなわねえ」

不満げな声とともに、作蔵の顔が浮かび上がった。壁が薄いせいで、いささか盛り上がりの足りない顔になっている。

「やだ、お父っつぁん。急に出てこないで」

「何が悪《わり》ぃんでえ」

「だって」

そのとたん、弥吉は大きな口をぱっと開けると、弾《はじ》かれたように飛び上がった。そのままわたわたと、床に尻をついた格好で後退《あとずさ》った。

「げぐわっ」

蛙の悲鳴は初めて聞いた。

「ほら、弥吉さんが驚いてるじゃない」

「おうおう、なんだぁてめえ。気色悪いツラをしやがって、そんな蛙だか人間だかわからねえような野郎に驚かれる筋合いはねえや」

「お父っつぁんだって、壁だか人間だかわからないじゃない。それにお父っつぁんは妖怪だけど、弥吉さんは幽霊だよ」

比べてどっちが上等ってわけじゃないけれど。

「弥吉さん。これはあたしのお父っつぁんで、作蔵と言います。妖怪のぬりかべです」

「どうせ言葉がわかりゃしねえんだ。言うだけ無駄だぜ」

「いいから、お父っつぁんはいっぺん隠れてよ」

「けっ」

面白くねえとぶつくさ言いながら、作蔵はそれでも壁に引っ込んだ。

弥吉は口を開けたり閉めたり、蛙面ながら顔を引き攣《つ》らせていたが、作蔵が見えなくなってやっと我に返ったらしい。とたん慌てふためくように、それこそ蛙がぴょんと跳ねるみたいにしてもとの隅っこに戻った。

るいがあれと思ったのは、弥吉がそのまま膝を揃えて座るのではなく、這《は》いつくばるように身体《からだ》を伏せたことだ。まるで自分がいた場所を、床にしがみついて守ろうとでもしているみたいに見えた。

（そういえば弥吉さんは、どうしてこんな隅っこにばかりいるのかしら）

そんなことを考えていると、るいを呼ぶ冬吾の声が、外から聞こえた。

冬吾は長屋の木戸の外に立っていた。

「帰るぞ」

「もういいんですか？」

「今日のところは、できることはもうない」

言った時には踵《きびす》を返している。

るいは振り返って、弥吉の家を見た。戸を開けたまま出てきてしまったのに、障子はもう閉まっている。そちらに向かって小さく頭を下げると、急いで冬吾の後を追った。

「何かわかったか」

先を歩きながら冬吾が訊いた。

「そうですね。弥吉さんは、蟇蛙《ひきがえる》だと思います」

冬吾の足が一瞬だけ止まった。

「そんなことを訊いているのではないが」

「他には無理ですよ」るいはため息をついた。「何を言ってもげこげこしか返ってこないし、そもそもこっちが言っていることがさっぱり通じてないんですから」

未練を聞くどころの話ではない。何が心残りなのかがわからなければ、どうやって弥吉を成仏させればいいのかもわからない。どうやら今回の仕事は、最初に思ったほど簡単なものではなさそうだとるいは思った。

ふんと冬吾は鼻を鳴らした。いかにも端から期待はしていなかったという反応なのが、ちょっぴり癪《しゃく》に障《さわ》る。

(威張《いば》りんぼ)

愛想なしで突《つ》っ慳貪《けんどん》で、ひねくれ者……と、胸の内でこっそり悪口を並べてすっきりしたところで、るいは首をかしげた。

「そういえば、長屋の人たちは弥吉さんの幽霊を見ているんですよね」

家の前にぼうっと立っているのを見たとか、朝早くに木戸から出ていくのを見かけたとか、確かそういう話だった。そもそも店子たちが長屋からこぞって家移りしてしまったのも、それが原因だったはずだ。

「どうして誰も、弥吉さんの顔が蛙になっているって話はしなかったんでしょう」

「たいていの人間は、幽霊を見たといっても細部まで鮮明に見ているわけではないからな」と、冬吾は肩をすくめた。

「ぼんやりとした人のかたち程度でも、この世にあらざるものだと認識するには十分だ。あるいは恐怖が先に立って、はっきりと見ること自体をおのれで拒んでしまう。だとしたら、弥吉が蛙の顔をしていたところで、そこまで見ていない、見えていなかったということは有り得る。――しかも今回の場合は、幽霊の正体が弥吉だということを皆が知っているわけだからな」

「知っていると？」

「あれは弥吉だ、死んだ弥吉が化けて出たと思った瞬間に、その人間の頭にあるのは生前の、おのれの記憶にあった弥吉の姿だ。だから実際に目で確かめるよりも先に、自分が覚えているとおりの弥吉を見たと思い込む。さらに言えば、幽霊を見たという店子たちの証言の全部が本当のことだとは、私は思わない。皆が不安で怯えていた状況で、誰かが弥吉を見たと言えば、我も我もとなってもおかしくはないからだ」

ちなみに今残っている店子は二人。二人とも、次郎兵衛同様、自分は幽霊を見たことはないと言っているらしい。

「その人たちは、不安でも怯えてもいなかったってことですか」

「一人は目も耳も悪い老人で、もう一人は浪人者だそうだ。前者はともかく、後者のほうは幽霊に怯えるなど武士の沽券《こけん》にかかわるといったところじゃないか」

「はあ、なるほど」

すっかり納得した気でるいがうなずいていると、冬吾は肩越しに彼女を一瞥《いちべつ》して「ただし」と言葉を継いだ。

「店子の中には、本当に弥吉の幽霊がはっきりと見えた者もいたのかもしれない。そして、その姿が人間だったという可能性はある」

「え……」

今度は正反対のことを言われて、るいは目を丸くする。

「全員が思い込みや思い違いをしていたと断言することもまた、できないということだ。その場合、事は厄介《やっかい》だな」

「どういう意味ですか」

首を捻るるいに、「よく考えろ」と冬吾は冷ややかに言った。

「弥吉はもとは人間の姿をしていたということだ。声をかけられたという証言もあっただろう。もしそれが本当ならば、その時には弥吉は人間の言葉も話していたはずだ」

そうか、とるいは思った。そうすると店子たちの家移り騒ぎのあたりではまだ、弥吉は顔も人間のままで、でもあたしたちが見た時にはすっかり蛙の顔になっちまっていたわけだから……。

あっとるいは声をあげた。

(それってもしかすると、弥吉さんは人の姿からだんだん蛙に変わっていってるってことじゃないの)

「弥吉さんは、いつかはすっかり蛙になっちまうってことですか⁉」

しかも人ほども身の丈のある大蛙だ。

「かもしれん」

冬吾は重々しくうなずいた。

「だから厄介だと言うんだ。完全に蛙になってしまったら、それはもう幽霊ではなく化け物だ。成仏もままならん」

ええと、とるいは指を折った。弥吉が死んでからの一連の出来事を数えると、店子たちが長屋を出ていったのはこのひとつきかふたつきのうちだ。それから今日までの間に弥吉の顔が——正確には喉や肩のあたりくらいまで——蛙になってしまったのだとしたら。

これは急がないと大変だと、るいは思った。

「冬吾様、どうやったら弥吉さんは蛙にならずにすむんでしょう？」

「それが今ここでわかれば苦労はない」

そりゃそうだと、るいは肩を落とした。

こうなったら、弥吉が大蛙になっちまう前に成仏させないといけない。天井から蛙が落ちてくるやら、長屋に近所の蛙が集まってくるやらは、何か関係があるのかしら。どれもこれも蛙尽くしで、ああもう、なんてややこしい話なんだろ。

歩きながらるいが頭を抱えていると、冬吾はふと足を止めた。

北六間堀から来た道を今度は逆にたどって、ちょうど仙台堀《せんだいぼり》を渡ったところである。このところの雨のせいで堀の水は濁って嵩《かさ》を増し、流れも速くて橋から見下ろすのが怖いくらいだった。

「次郎兵衛には、弥吉の身元を調べるように頼んである。あの長屋に移る前にどこで何をしていたかがわかれば、手がかりにもなるかもしれん」

さっき冬吾が次郎兵衛とともに長屋を出ていったのは、その話をするためであったらしい。

「前の差配人なら、何か知っているかもしれない。それが駄目なら、弥吉の店請人に話を聞くという手もある」

店請人というのは、家を借りる際に必要な身元保証人のことだ。保証するくらいなら、その人物は当然、弥吉の身元も知っているはずなのだ。

(その人から話を聞いたら、蛙のこともわかるかしら)

次郎兵衛さんがなるべく早く手がかりになりそうなことを調べてきてくれればいいけれど、とるいが思っていると、冬吾が「急いだほうがよさそうだ」と言った。

「そうですね」

うなずいてから、るいは冬吾が空を見上げていることに気づいた。横に並んで天を仰げば、出がけの時よりも空の色はいっそう暗く重く、今にも雨が落ちてきそうな雲行きだ。水の匂いが濃くなったように感じられるのも、堀端《ほりばた》にいるせいばかりではないだろう。

店に帰り着くまでには、この先まだ、小名木川《おなぎがわ》を越えなければならない。九十九字屋の店主と奉公人は、申し合わせたように足を速めて歩きだした。

三

次郎兵衛がふたたび九十九字屋にやって来たのは、それから三日後のことだった。

客に茶を出すと、早く話を聞きたくてうずうずしながら、るいは座敷の隅に控えた。ナツは今日は階段の真ん中あたりで丸くなっているが、耳をそばだてているのはわかる。作蔵も部屋のどこかの壁で聞いているはずだ。

冬吾と差し向かいに座った次郎兵衛は、丸顔にいささか困惑の色を浮かべていた。何からどうお話ししたものかと、口の中でもぞもぞ言ってから、ともかく順を追って話をすることに決めたようだった。

冬吾に言われたとおり、まずは療養中の前の差配人を訪ねてみたという。ところが相手が患ったのは卒中とのこと、今は寝たきりでとても話ができる状態ではなかった。

　そこで店請人のほうをあたることにした。幸い、帳簿にはその人物の名前がきちんと残っていたので、そちらはすぐに会いに行くことができた。

「本郷《ほんごう》の長屋で差配人を務める、徳三郎《とくさぶろう》というお人でした」

「差配人、ということは――」

　冬吾の問いかけというよりは呟きに、次郎兵衛は大きくうなずいた。

「ええ、弥吉はうちに越してくる前には、その長屋にいたのですよ」

　長屋の住人が家移りする際には、よほどのことがないかぎり、住んでいた長屋の差配人に身元の保証を頼むことになる。次郎兵衛自身、出ていった店子たちの店請人を引き受けていた。

「弥吉が死んだと聞いて、徳三郎さんはたいそう驚かれた様子でした」

「知らせはいっていなかったのですね」

「なにぶん八年も前のことですし、こちらはご存じのような事情でしたもので」

　今思えばもっと早く、弥吉の葬式を出す時に店請人のことを思い出して親類縁者がいないかどうか探せばよかったものを、そこまで気が回らなかった。もっと言えば、弥吉には身寄りがないと思い込んでいたのだと、次郎兵衛は素直に恥じ入った。

「では身寄りがいたのですか？」

「はい。弥吉には、女房と娘がいるのだそうです」

え、とるいは思わず目を瞬《しばたた》かせた。

(弥吉さんのおかみさんと娘さん？)

それじゃ、家族がいるのに八年も一緒に暮らしていなかったということになる。

さすがに冬吾も、怪訝《けげん》に思ったようだ。

「女房は、弥吉が死んだことは——」

疑問の先を引き取って、知らないのでしょうと次郎兵衛は首を振った。

「もし知っていれば弥吉が死んだ睦月のうちにも、こちらに顔を出したでしょうから。うちの長屋を一度も訪ねてこなかったところをみると、おそらく何も知らなかったと思いますよ」

やるせないため息をついた次郎兵衛を見つめて、冬吾は考え込む様子を見せた。

「女房と娘は、徳三郎の長屋に住んでいるわけではないのですね」

本郷の長屋に家族が住んでいるなら、次郎兵衛が訪れた時点で弥吉の死は女房の知るところとなったはずである。だとすると、「おそらく知らないと思う」という次郎兵衛の返答はちぐはぐだ。

「ああ、はい」果たして次郎兵衛は言った。「そうです。弥吉と同じく八年前に、よそへ家移りしたそうで。その時の店請人は徳三郎さんではなく、おりく——ああ、女房の名前ですが、おりくが奉公していたお店の主人が引き受けたとのことで、そのため徳三郎さんも家族の家移り先までは知らないそうなのですよ」

ならばそのお店へ行けば、弥吉の家族の消息を聞くことができるかもしれない。どこのお店か教えてほしい、これから自分が出向くからと次郎兵衛は言ったらしい。女房には辛い知らせを届けることになるが、これも差配人の務めだと考えたからだ。

ところが、徳三郎は首を縦には振らなかった。そのお店の主人とは顔見知りなので、直接自分が会って伝える。おりくには、店のほうから知らせがいくだろうと言った。

「そうなると、こちらも無理にとは言えず……」

結局、おりくのほうは徳三郎にまかせるしかなかったと、次郎兵衛は言う。

ほう、と冬吾は呟いた。

「何やら子細《しさい》があるようですね。それではまるで、そのおりくという女房とあなたを引きあわせたくはなかったようだ」

「そればかりではありません。徳三郎さんは、端から弥吉の話をすることを嫌がっておいでのようでした。こちらが何を訊いても、言葉を濁すばかりで……」

次郎兵衛は深々と息を吐いた。手をつけていない湯呑みに視線を落とし、すぐまた冬吾に顔を向けた。

「徳三郎さんは弥吉の事情を私に、いえ、他の誰にもいっさい話すつもりはなかったのだと思います」

どういうことですと冬吾が問うと、次郎兵衛はぎゅっと口もとを結んで、何やら腹を括《くく》ったような顔をした。

「最後には打ち明けてくれました。ですから私もけして他言はしないと徳三郎さんに約束をいたしました。九十九字屋さん、どうかこれから私がお話しすることは――」

「うちのような店は信用が大切ですのでね。客から聞いた話をよそに漏らすようなことはしませんよ。奉公人にも口止めはしてありますし、なんなら一筆書いてもかまいませんが」

相手を遮《さえぎ》って面倒くさそうに冬吾は言ったが、次郎兵衛は大真面目に「いえ、そこまでしていただかなくても」と首を振った。

そうして居住まいを正すと、次郎兵衛はあらためて口を開いた。
「弥吉は——罪を、犯しました。この八年間、弥吉は家族とも離れて、その償《つぐな》いをしていたんですよ」

本郷の長屋の差配人である徳三郎は、齢《よわい》すでに八十になろうかという老人であった。差配人としても年季が入っている。老齢でも背筋はぴんと伸びていて、仕事においても人生においても踏んできた場数が違うと思わせる、落ち着き払った物腰をしていた。おかげで次郎兵衛は、比べておのれがどうにも青臭い若造のような気分になって、気後れがしたものだ。

弥吉が死んだことを告げると、徳三郎は皺《しわ》の深い顔に沈痛の色を浮かべた。なんということかと呟いて、しばし瞑目《めいもく》した。いくら店子は子も同然とはいえ、とうの昔に長屋を出た者のことをそこまで嘆くものだろうかと次郎兵衛は思わぬでもなかったが、弥吉は親の代から彼の長屋にいたのだと聞いて納得した。なるほど、子供の頃から弥吉を知っていたのなら、確かに親も同然だろう。

しかし、それからがいけなかった。次郎兵衛は自分が新参の差配人であることを打ち明け、弥吉のことを様々に問いかけたが、徳三郎は言葉を濁すか黙り込むばかりで埒《らち》が明かない。女房と娘のことを聞きだすのがやっとであった。

やむなく、次郎兵衛は腹を割ることにした。弥吉が死んでから自分の長屋で起こった一連の出来事を語ったのだ。信じてはもらえないかもしれない、馬鹿馬鹿しいと笑われることも覚悟していたが、徳三郎は笑わなかった。

ただ目を瞑《つむ》り、長い間思案している様子を見せた。

そうしてようやく重い口を開いたのは、弥吉がこの世に残した未練を知りたいと次郎兵衛が言ったからかもしれないし、同じ差配人として次郎兵衛の難儀に同情したからかもしれなかった。

弥吉はもともと、湯島《ゆしま》にある呉服屋の奉公人であった。店の名前は松崎屋《まつざきや》という。十二の歳に奉公に入り、真面目に働いて主人に信頼され、三十代半ばで番頭になった。同じ店で女中頭をしていたおりくと夫婦《めおと》になり、翌年には娘のおみちが生まれた。

所帯を持ったのを機に、弥吉は店の住み込みをやめて通いとなって、おりくを連れて徳三郎の長屋に戻った。両親はすでに亡くなっていたが、子供の頃に住んでいたその家をおりくとの新居にすることができたのは、徳三郎の計らいである。

おりくはしっかり者で気の好い女だったし、幼いおみちは可愛かった。月並みではあっても、弥吉にとっては幸せで穏やかな暮らしであったはずだ。

それがひっくり返ったのは、おみちが三つになった年の冬だった。

弥吉が店の金を盗んでいたことが発覚した。

おりくも徳三郎も店の者たちも気づいていなかったが、その半年ほど前から弥吉は博打に手を出していた。誰に誘われたものやら、軽い気持ちで賭場に足を踏み入れたのがまずかった。それまで鉄火場とは無縁に、ひたすら真面目に働いてきた男であったから、泥沼にはまるのも早かったのだ。定石通りに鴨にされ、負けを取り戻すためにさらに賭場に足を運び、わずかな蓄えも失ったあげくにこさえた借金の返済に窮して、ついに店の金に手を出した。

一度でも勝てば返せる金だと言い訳しながら、幾度かにわけておのれの懐に入れた金は、いつの間にか十二両にもなっていた。

お上の定めでは、十両盗めば首がとぶ。松崎屋が訴え出れば、弥吉は咎人として死罪になっていただろう。

そうならなかったのは――ひとつは、ありていに言って松崎屋が外聞を憚《はばか》ったせいである。

松崎屋は大店というほど間口の広い店ではなかったが、三代にわたって誠実な商いをつづけてきた呉服屋であった。松崎屋が扱う品に間違いはないと地元の評判もよく、湯島という場所柄、武家の客も多い。なのに奉公人が罪を犯したとあっては、主人は管理不行き届きを咎められるうえに、店の評判にも信用にも傷がつく。それゆえ、松崎屋は事を内々におさめようとした。

さらに、弥吉が命を拾ったのは、松崎屋の主人清兵衛《せいべえ》の温情のおかげであった。弥吉は店を裏切ったわけではない、魔が差しただけだと清兵衛は言ったらしい。甘いのではない、おのれが商売を通じて培《つちか》ってきた、人を見る目を疑わなかったからだ。奉公人として育て上げ、番頭にまでした男が根の腐れた悪人であるわけがないと、信じたのだ。

そのとおり、弥吉は悪人などではなかった。おりくとともに地面に額をこすりつけ、泣いて清兵衛に詫《わ》びた。このご恩は心に刻んで忘れません。盗んだ十二両は必ず返します、どれだけかかっても必ず返しますとその時、弥吉は誓った。

結局その一件を知る者は、当人とおりく、差配人の徳三郎と、松崎屋では主人一家の他は数人の古参の奉公人たちのみに留《とど》まった。

むろんそのまま店にいつづけられるわけはなく、これ以上誰にも迷惑はかけられないからと、弥吉は長屋を出ていった。十二両を、一人で働いて返すつもりだったのだろう。店請人となった徳三郎にも、女房のおりくにさえもその移り先は告げなかった。だから。その時から八年経って、次郎兵衛が訪ねてきて初めて、弥吉が深川にいたことを徳三郎は知ったのだった——。

そこまで語って、次郎兵衛はふうと息をついた。湯呑みを手に取り、茶で渇いた喉を湿す。

雨が少し強くなったようだ。さあさあと、雨滴が地を叩く音が薄暗い座敷に響いていた。その音に耳を傾けながら、

(やっぱり……弥吉さんは、お店の奉公人だったんだ)

そんなことを、るいはぼうっと思った。

長屋の座敷の隅で膝を揃えてきちんと座っていた男の姿が、脳裏に浮かぶ。蛙の顔ではなく、なぜかぽつねんとしたその後ろ姿を。

(そっか。そんな経緯があったのね)

次郎兵衛の話を聞いているうちに、胸の中に重ったい塊がつっかえたような気分になってしまった。その塊を吐きだしたくて、るいは手にしたままだったお盆で顔を隠して、大きなため息をついた。

「弥吉はおりくさんに、この先は苦労させることになるからと、離縁の話ももちだしたそうです。けれど、おりくさんは聞き入れなかった。弥吉が松崎屋さんに金を返しおわるまで待つと言ったそうです」

出来た女房ですなと、次郎兵衛はちょっぴり目の縁を赤くして言った。

しかし幼い娘のことを考えれば、やはり一緒に暮らすわけにはいかなかったのだろう。事情を知る者はかぎられるとはいえ、いやそれだからこそ、弥吉が店をやめて姿を消すことであれこれ嫌な噂が立たないとも言い切れない。おみちに肩身の狭い思いをさせないために、おりくも長屋を出た。松崎屋の紹介で、今はどこぞの料亭で母子住み込みで働いているという。

「この八年の間、弥吉は半年に一度は働いて貯めた金を渡すために、松崎屋を訪れていたそうです。徳三郎さんもそこは気になって、何度か松崎屋のご主人に会いにいって確かめたのだと言っていました」

必ず半年に一度、弥吉は十二両の金を少しずつ返していた。

「それを聞いて、私はようやく得心したのですよ。——質素倹約を絵に描いたようなつましい弥吉の暮らしぶりは、一文でも多く金を貯めて松崎屋さんに返すためだったのだと」

弥吉が長屋を去る時、松崎屋に金を返したらまたこの長屋に帰ってくればいいと徳三郎は言ったらしい。もう一度お店に奉公することはさすがに無理だろうが、なに、仕事なら他にいくらでも見つけてやる。おりくやおみちと一緒に、ここでもとのように暮らすといい。

それを聞いた弥吉は涙を浮かべて、幾度も礼をのべたという。

——ありがとうございます、大家さん。必ずそうさせてもらいます。

それなのに。

次郎兵衛はやるせない吐息をついた。

「確かに間違いは犯しましたが、弥吉は人の道を踏み外したわけじゃなかった。女房娘の顔を見ることもなく、身を粉にしてずっと働きづめで、あげくに命をなくしたとあっては、そりゃ未練も残るでしょう。こう言っちゃなんだが、私は弥吉が気の毒でなりません」

返済など放りだしてそのままどこかに逃げてしまうことだってできたのに、弥吉は働いて働いて、償いをつづけた。弥吉は元来、そういう愚直なほど真っ正直な人間だった。だからこそ、松崎屋清兵衛は弥吉の罪を咎めず、差配人の徳三郎は彼のことをずっと気に懸けていたのだ。

(なのに、死んで蛙になっちゃうなんて、あんまりよ)

弥吉の戻りをずっと待ちつづけていたおかみさんや娘は、知らせを聞いてどれほど悲しむことだろう。それを思うと、るいの胸もきゅうきゅうと痛んだ。

「未練……弥吉の未練は、さて……」

客と奉公人がすっかり湿気《しけ》った表情をしているのを尻目に、冬吾はぶつぶつと呟いている。次郎兵衛の話を、頭の中で総ざらえしているようだ。

「弥吉が松崎屋へ返す金は、あといくらほど残っていたのです?」

問われて、次郎兵衛はさすがにそこまではと首を振った。

「では、最後に弥吉が松崎屋へ行ったのはいつですか」

「はあ、いや」

言葉に詰まったところをみると、それも聞いてはいない様子。

冬吾は考え込むように腕を組んだ。

「いえね、弥吉はもしかすると、十二両を松崎屋にすべて返し終えたか、少なくとも返す算段がついていたんじゃないかと思うのですよ」

え、と次郎兵衛とるいが一緒に首をかしげると、冬吾は「死ぬ前の日に、弥吉が巳助という男に言った言葉のことだ」と言う。

普段は酒を飲まない男が酔っぱらい、祝杯だと言った。そのうえ、

――巳助さん、あんたにも世話になったな。あんただけじゃない、ここの連中は皆、俺みたいな男に本当によくしてくれた。ありがてえこった。

「永の別れの挨拶のようだと仰いましたが、おそらく本人もそのつもりで言ったんじゃないかと思いますよ。もちろん死ぬ気ではなく、近々長屋を出る気があったから、酔った勢いでそういう言葉が口から出たのだろうとね」

しかし、と次郎兵衛は眉を寄せた。

「うちの長屋を出るということは……」

「ですから徳三郎さんの長屋に戻るか、さもなくば女房や娘と一緒に暮らせるところへ

いくつもりだった。つまり、もう金を返すためだけに働く必要はなくなった」

しかし、と次郎兵衛はなおも言った。

「徳三郎さんはそのようなことは、一言も。弥吉が死んだのは睦月のことです。十二両をすべて返したのなら、松崎屋さんだってそれくらいのことは、徳三郎さんやおりくさんに伝えているでしょう。なのに皐月《さつき》の今になっても弥吉が戻ってこないとなれば、徳三郎さんだって弥吉の身に何かあったのではないかと、少しは疑うのではないでしょうか」

だが、徳三郎はそんな話はひとつもしなかった。疑うどころか、弥吉が償いを終えたことも知らない様子だった。

「だとしたら、まだ返してはいなかったが、返せるあてはあったということじゃないですか。それも確実に。さもなくば早々に祝杯などあげないでしょう」

そのせいで酔いつぶれて凍死するはめになったのなら、皮肉なことだ。

(きっと弥吉さんは、悔しいんだわ)

るいは思う。

償いは終わるはずだった。これでやっと、家族で暮らせるはずだった。それなのに死んでしまって、叶《かな》うはずだったことが全部断ち消えてしまったのだから、無念でないわけがない。

（そんな人を、どうやって成仏させればいいのかしら）

説得なんてできるものだろうか。いや待て、その前にそもそも言葉が通じない。まずは弥吉さんに、蛙から人間の幽霊に戻ってもらわないと……と考えて、るいは頭を抱えそうになった。前途多難すぎる。

「弥吉の持ち物を処分した時、家の中に金は一銭もなかったと言っておられましたが」

それは自分の目で確かめたことだったので、次郎兵衛は迷いなく「ええ」とうなずいた。

「とすると弥吉は、最後に松崎屋に渡すはずだった金をどこにやったんでしょうね」

「まだ懐に入ってはいない金だったのでは。それとも、誰かに預けてあったとか」

「それはおかしなことです」冬吾はきっぱりと言った。「話を聞いたかぎりでは、弥吉は堅実な人間だったようだ。まだ金を手にしていなかったのなら、浮かれて酔っぱらうような真似をするとは思えない。それに一文を惜しんで貯めた金を、簡単に他人に預けたりするかどうか」

どちらも可能性は薄いと言われて、次郎兵衛の顔が困惑した。

「ええと、そうしますと……」

「どこかに隠していたんじゃないですか」

「隠して？　いやしかし、あんな狭い家の中ですよ。弥吉の物は全部調べてから処分しましたし、その後に別の店子も入っているんです。金を隠せるような場所など、とんと思いつきませんが」

金の行方も気になるが、るいとしてはもっと気になることがある。

ついに堪《こら》えきれず、「あの」と声をあげた。

「その徳三郎という差配人さんは、蛙のことは何か言っていませんでしたか？」

次郎兵衛は首をねじってるいを見ると、「いえ、何も」と申し訳なさそうに言った。

「弥吉さんが若い頃に蛙の恨みをかって、蛙に祟られるようなことをしたとか。そうでなければ蛙が好きすぎて、蛙大明神の信者だとか」

「か、蛙大明神？　……ああ、いえ、徳三郎さんは何も知らないと思いますよ。むしろ逆に、なんだって弥吉は蛙の顔になぞなっちまったのかと、こちらが聞かれる始末で」

「そうですか」

るいはがっかりして、肩を落とした。

次郎兵衛のおかげで弥吉の身の上はわかったけれども、今度は思い当たる未練が多すぎる。それより何より、このままでは弥吉はすっかり蛙になってしまう。化け者一丁上がりだ。

どうするのかしらと気を揉《も》んで冬吾を見たが、店主はいつもと同じ表情の読めない顔だった。

冬吾は湯呑みを手に取り、冷めてしまった茶を啜ってから、

「お頼みしたいことがあるのですが」

次郎兵衛に言った。

「なんでしょう」

「何度もご足労をかけて申し訳ありませんが、もう一度徳三郎さんのところへ行ってもらえませんか」

丁重な口ぶりで、今日明日中になどと強気に言う。

「それはかまいませんが……何用で？」

「伝えていただきたいことがありましてね」

松崎屋から知らせがいけば、おりくはすぐにも次郎兵衛の長屋へ来ようとするだろう。だがその前に、子細を聞くために徳三郎を訪ねるはずだ。

しかし徳三郎はおりくに、ありのままは話さないかもしれない。ただでさえ亭主が死んだ知らせに打ちひしがれている女に、弥吉はまだ成仏していないだの、よくわからない蛙騒動を告げる必要はないと……たいていは、思うものだ。

「しかし、それではまずいのです。おりくさんには長屋で起こっていることをすべて、ひとつも隠さず話すよう、徳三郎さんに伝えてください」

「はあ」

よくわからないという表情ながら、次郎兵衛はうなずいた。

「それともうひとつ。おりくさんがこちらへ来る時にあわせて、弥吉が以前に住んでいた長屋の家を空けてもらえるよう、徳三郎さんに頼んでいただけませんか」

これには、次郎兵衛はぽかんとした。

「あちらの長屋を……しかし店子も入っているでしょうし、急に空けろと言われても徳三郎さんはお困りになるのでは」

「何も住人に立ち退《たの》けという話ではありません。一日か、それが無理なら何刻《とき》かでかまわない。弥吉がその家に帰ることに、意味があるんです」

「帰ることに……？」

首を捻る次郎兵衛に、冬吾は深くうなずいてみせた。

「そうでもしなければ、弥吉はおそらく成仏できないでしょうから」


小雨の中を次郎兵衛がさした蛇《じゃ》の目傘《めがさ》が遠ざかっていくのを戸口で見送ってから、るいはそそくさと座敷に戻った。

「冬吾様、弥吉さんを成仏させる算段がおありなんですか？」

だったらすごい、あたしなんてどうしたらいいか到底見当もつかないのに、さすがは冬吾様だわ、と早くも感動しかけたるいだったが、

「そんなものはない」

あっさりと言われて、「えぇぇ」と目をむいた。

「なんでえ、ずいぶん自信ありげに言っていたわりに、当てずっぽうかよ」

るいの傍らの壁が盛り上がって、作蔵がしかめっ面を見せた。

「こうかもしれんと思うことは幾つかあるが、どれも今ここでは確かめようもないので

な。当て推量と言われれば、なるほどそのとおりだ。まあ、もし外れたとしても、弥吉の女房が来ればなんとかなるのじゃないか」

女房の顔を見れば、弥吉もさすがに成仏する気になるかもしれんと、冬吾はすましたものだ。

「おいおい、頼りねえなあ」

「いいんですか？　だって次郎兵衛さんは、明日じゃ間に合わないかもしれないからって、飛び出していっちゃったんですよ」

徳三郎に冬吾の言葉を伝えるため、次郎兵衛はその足で本郷に向かっているはずだ。

「律儀《りちぎ》な人で助かる」

「そんな、お気の毒ですよ」

にわかに心配になって身を乗り出したるいの鼻先に、冬吾は空の湯呑みを突きだした。もう一杯くれと言われ、るいは急いで茶を淹れると、冬吾の前に運んだ。

「それにしても、蛙大明神はよかったな」

熱めの茶を一息に飲み干してから、店主はるいを見てニヤリとした。

「う……、すみません。いませんよね、そんな神様」

つい勢いでつるっと口から出てしまいましてと、両の頬を手で押さえて、るいはもごもごと言った。

「いや。当たらずとも遠からずかもしれんぞ」

「え、蛙大明神がですか？」

「さて。神仏ではなかろうが」

よくわからないことを呟くように言って、冬吾は立ち上がった。

「明日、もう一度弥吉の家へ行く。算段はそれからでも遅くはない」

「はあ」

自室へと引きあげていく冬吾と入れ替わるように、三毛猫が下りてきた。最後の一段で女の姿に変わると、るいに向かってニッコリした。

「大丈夫だよ。あんなふうに冬吾がのらりくらりしている時は、逆にあてがあるってことさ。心積もりはあるんだろ」

それより面白いことを教えてあげようか、とナツは袖で口もとを覆って笑いを嚙み殺してから、るいの耳元に顔を寄せた。

こそっと囁《ささや》かれたことを聞いて、

「ええ？」

るいは目を丸くする。

「そうなんですか？　冬吾様って――」

しっとナツはるいの唇を人差し指で押さえる。

「あたしが言ったってのは、内緒だよ」

るいはこくこくとうなずきながら、わあ吃驚《びっくり》だわと心の中で呟いた。

気づくと雨音はやんでいた。その夜は久しぶりに雲が途切れて、空に月が顔を出した。

四

翌日は、梅雨の晴れ間となった。

次郎兵衛の長屋に向かう道すがら、見上げる青空の色が目に沁《し》みるようだった。昨日までの梅雨寒が嘘みたいに蒸し暑くなったが、明るい陽射しに気分まで晴れ晴れとして、水溜《みずた》まりをよけて歩くるいの足どりも軽い。

長屋に着くと、次郎兵衛が出てきた。やはり昨日のうちに本郷へ出向いて、徳三郎に話をつけてくれたらしい。無茶な頼み事であったが徳三郎はしのごの言わず、三日のうちに何とかすると請け負ってくれたという。

長屋の木戸の内側は、本日も蛙の大入り満員であった。陽射しをものともせずに路地を飛び跳ね回っている光景は、壮観ですらある。路地に踏み入ろうとして、冬吾は深々とため息をついた。

るいは気をきかせて、近くに立てかけてあった箒《ほうき》を手に取った。ついてきてくださいと冬吾を促《うなが》して、箒で果敢に蛙を追い散らしながら弥吉の家の戸口まで進んだ。

「九十九字屋だ。邪魔するよ」

冬吾は声をかけて腰高障子を開けた。るいも続いて中に入る。私はどうしましょうと次郎兵衛が言うので、戸口の外で待っていてもらうことにした。

弥吉は相変わらず戸口と反対のほうを向いて、隅っこに座っている。その背中が、前の時よりもずんぐりして見えた。

首のあたりまで蛙だったのが、今は胸と背中の半分くらいまで蛙になっているのかもしれない。よく見れば髷もなくなっていて、頭にはぽやぽやとわずかばかり髪の毛がはりついているだけだ。

大変だ、ますます蛙に近づいているわと、るいは思った。

「上がらせてもらうよ」

冬吾は座敷に上がると、ちんまりと正座している弥吉の幽霊に会釈した。喉を膨らませて、弥吉は「げこ」と応じる。言葉は通じなくても、挨拶していることはわかるのだ。

その傍らに膝をついて、冬吾は「弥吉をこの場所からどけてくれ」とるいに言った。

「え、弥吉さんをどける……？」

意味がわからずにるいが首をかしげると、冬吾は弥吉の膝もとに顎《あご》をしゃくった。

「なぜ弥吉が、いつもこの場所に座っていると思う」

「え、え？」

「他人に見られたくないものを隠しているから——とも考えられるぞ」

るいはハッと目を瞠った。

(そういえば、弥吉さんがお父っつぁんを見て驚いた時に)

座っている場所から飛び退いて、けれどもすぐにまた、同じところにしがみつくように身体を伏せた。それがまるで、弥吉が自分のいる場所を守ろうとでもしているみたいにるいには思えたのだ。

（じゃあ、もしかしたら）

守ろうとしていたのは、この場所ではなく。

「あのう、でも、弥吉さんをどけるってどうすれば」

どいてくださいと言ったって、お互いに相手の言っていることがわからないのだし。わかったとしても、この様子だと聞く耳は持たないだろうし。そういえば蛙の耳って、どこにあるのかしらん。

「本人を持ち上げて、そのへんにひょいとどかせばいいだろう」

面倒くさそうに冬吾に言われて、（あ、やっぱり）とるいは肩を下げた。

るいにとって幽霊は紙みたいに軽いものだから、やろうと思えば相手をひょいと持ち上げることくらい簡単なのだが、

（弥吉さん、すごく気を悪くしそう）

などと思っていても仕方がないので、背後から弥吉の脇の下に両手を差し入れて、猫の子でも抱き上げるように持ち上げた。

「げっ!?」

弥吉は仰天してもがいたが、布が風に揺れる程度の抵抗しか感じない。手足を振り回

してじたばた暴れる相手を、座敷の別の隅っこに楽々と引きずっていきながら、るいはため息をついた。

(こんなところを誰かに見られたらあたし、力士並の怪力女だと思われちゃうわよ)

その誰かに死者の姿が見えればの話だが。

弥吉が座っていたあたりに目をこらし、次に指でさぐって、冬吾は「やはりな」と唸った。

「ここの羽目板《はめいた》の釘が緩んでいる」

普段は夜具をたたんで置いてあった場所だろう。羽目板の一枚が、釘を抜けば外れるようになっていた。板を外して床下をのぞき込んだ冬吾は、これかと呟いて腕を突っ込んだ。

取りだしたのは——栓をした壺である。

大きさは台所にある味噌の壺をやや小ぶりにしたくらい。古びていて、色もかたちも別段、珍しいものではない。

「弥吉さん、弥吉さん、大丈夫です。盗《と》ったりしませんから」

壺を見たとたん、弥吉がまたバタバタと暴れだした。るいが手を放せば、冬吾に飛びかかっていきそうな勢いだ。

「これを隠そうとしていたわけか」

つくづくと壺を見つめていた冬吾は、ふと顔をしかめた。一瞬、まるで嫌な虫でも目にしたように。

「冬吾様。その壺が……？」

「そうだ」

冬吾は壺の栓をとると、逆さにした。中からざらりと小銭がこぼれでる。銅がほとんどだが、中には銀も幾つか混じっていた。

「……これが、弥吉が最後に松崎屋に渡すはずだった金だ」

返すはずの、しかし返すことのできなかった金だ。

「あら」

小銭と一緒に転がりでた物を見て、るいは目をぱちくりさせた。

蛙だ。——本物ではなく、掌に載るほどの木彫りの蛙が壺の中に入っていたのだ。

「なるほどな。これでわかった」

冬吾はぽつりと呟いた。

「え、わかったって、何がわかったんですか？」

「何もかも。この一件のすべてがだ」

それ以上は言わず、冬吾は手拭いを取り出して、床の上の金を集めて包んだ。それをいったん脇に置き、今度は懐から紙にはさんで持っていた護符を一枚、取りだした。

どうするのかしらとるいが固唾《かたず》を呑んで見守っていると、冬吾は片手に木彫りの蛙を持って、弥吉に近づいた。暴れていた弥吉が、急に固まったように大人しくなる。まるで蛇に睨《にら》まれた蛙だ。その面前に護符を掲げて、冬吾は祝詞《のりと》のようなものを口の中で低く唱えた。そうして人差し指で蛙の額というか、目と目の間についっと押しつけた。

すると——。

「あっ」

と、るいが思わず声をあげたのは、弥吉の頭からふわりと白い湯気のようなものが立ちのぼったからだ。それは一度頭上で凝《こご》り、渦を巻いたかと思うとそのまま冬吾が持っていた木彫りの蛙に、吸い込まれるようにして消えた。

「抜けたか」

冬吾は手にしていた蛙を壺の中に戻すと、栓をした。つづいて、弥吉の顔面から剝がした護符を栓の上からかぶせるように置く。不思議なのは、糊《のり》も使っていないのに護符がそのままぴたりと、吸いつくように壺に貼りついたことだ。

「これでいい」

「冬吾様。一体――」

るいはうずうずして、白い湯気のようなものの正体を訊ねようとしたが、言いかけたところで弥吉がぴくぴくと大きく身体を震わせた。どうしたのかと顔をのぞき込み、るいは仰天した。

「わっ、弥吉さんの顔が人間に⁉」

弥吉の姿が蛙から人間に戻っていた。るいが手を放しても、呆然《ぼうぜん》とそこにへたり込んでいる。るいも一緒になってそこにぺったりと座り込んで、初めて見る弥吉の顔をしげしげと眺めてしまった。むしろ蛙の顔のほうに馴染んでいたので、なかなか妙な感じだ。

細面《ほそおもて》の顔は、痩せて窶《しお》れている。髪床に行く金も惜しんだのか、月代《さかやき》にも胡麻を振ったみたいに毛が伸びていた。日焼けが染みついたようになっているのは、外で日銭稼ぎをしていることが多かったからだろう。お店の番頭さんの頃には、こんな悲しげな寂しげな目はしていなかったろうに、手や足だって白かったろうにと思うと、るいはつんと胸が痛んだ。

「弥吉さん、あの」るいはもぐもぐと言った。「こ、こんにちは」

今さらこんにちはもないものだが、それしか思い浮かばない。でも言葉はもう通じるはずだと思ったら、弥吉は目をあげてるいを見た。

「あ、あんた……」

「はい。るいと申します」

「力持ちだねえ」

「うっ」

真っ先に言われることがそれかと、るいはガックリした。

「ほら、あんたの金だ」

冬吾は手拭いに包んだ金を、弥吉の膝もとに置いた。弥吉は食いつきそうな目でそれを凝視し、おそるおそる手を伸ばした。が、摑《つか》むことができない。何度金を握り込もうとしても、実体でない指は空を切るばかりだ。

ああ、と声を絞って、弥吉はうなだれた。

「あとこれだけ……これだけ……これを返せば……」

なのに、その金を手に取ることができない。それでは金を返せない。

「弥吉の願いは、盗んだ十二両を松崎屋にすべて返済することだった。必ず返すと決意して、これまでの八年間、形振《なりふ》りかまわず働いてきた。なのに、その金を返すことができなくなった。——それが、弥吉にとっての一番の心残りであり、成仏できない理由だったんだ」

そう言った冬吾を寸の間見つめてから、るいはまた弥吉に目を向けた。背中を丸めるようにして俯き、弥吉は金に手を伸ばしては摑めない摑めないと身を捩《よじ》って嘆く。その姿が哀れで、るいは思わず身を乗り出した。

「じゃあ、あたしが。あたしが松崎屋さんに事情を話してそのお金を返します。弥吉さんの代わりに。それならいいでしょう？」

弥吉は顔をあげると、きょとんとしたようにるいを見た。

「どうしてあんたが」

「え？」

「これはあたしが旦那様に返さなければいけない金だよ。どうしてあんたが、金を返しに行くんだい？」

「だって、それは」

「あたしは旦那様にご恩がある。自分で行くのでなけりゃ、筋が通らないよ」

るいは首をかしげた。

なんだか噛み合わない。弥吉が自分で金を返しに行くことができないから、今この幽霊騒ぎになっているのだ。弥吉の心残りを晴らすには、誰かが代わりに松崎屋に金を届けて、十二両をきっぱり返し終えるしかないではないか。

冬吾が、やれやれというように肩をすくめた。

「わからないのか」と言われて、るいはいっそう首をかしげる。が、次の冬吾の言葉にハッとした。

「多分、弥吉は自分が死んだことに気づいていないぞ」

そうか、とるいは思った。確か弥吉は、酔って眠り込んで、そのまま死んでしまったのだった。だから、自分が死んだという自覚がないのだ。

(それじゃ、もしかしたら蛙になりかけていたこともわかってないんじゃないかしら?)

「弥吉さん。あんた、最後に松崎屋へ行ったのはいつだい?」

冬吾の問いかけに、昨年の暮れだと返答があった。ほう、と冬吾は声を漏らす。

「それで年が明けた睦月には、もう金を返す算段ができたのか。よく稼いだな」

礼金だと弥吉は言った。老人が道端で腰を押さえて唸《うな》っているところに、たまたま出くわした。どうやら転んで立てなくなったらしい。仕方なくおぶって家に送り届けると、老人はそこそこ大きなお店のご隠居であった。家の者から感謝され、礼金を渡されたのだという。

小銭の中に混じっている銀が、それらしかった。一分銀が四枚、つまり一両である。要は善行によって得た金と、もともとあった小銭をあわせて、思いがけず早くに松崎屋に金を返すあてができたということだ。

松崎屋は彼が金を返すのを、辛抱強く待っていてくれた。それが申し訳なくてならなかった。だが、これでやっと旦那様にも顔向けができる。もちろんおのれの罪も、松崎屋から受けた恩も、金だけでなくなるものではないが、それでも。

「あたしは、嬉しくて」

——なに、祝杯さ。

晴れ晴れとした気分で、それまで銭を惜しんで飲まなかった酒を、口にした。

ところが、である。

「あんたは松崎屋にその金を渡すことができなかった」

冬吾は書き付けを読むような、平坦な声で言った。

「壺の中に入れた金を、取り出すことができなかったからだ」

「おかしいんだよ」

弥吉はぼうっととらえどころのない顔になって、幾度も首を振った。まるで頭の中のことが急にまとまらなくなったみたいだ。

「羽目板が外せないんだ。そのうち、他人が勝手に家に入ってくるようになった。しっかり戸締まりしないと、いろんな人が入ってくるんだよ。やめてくれ出ていってくれと言っても、我が物顔でさ。うっかりすると壺の中の金を盗られやしないかと、怖くなったんだ」

ぼそぼそと言って、また首を振る。きっと弥吉の頭の中に残っているのは、死んでからの、順序もごちゃまぜの端布《はぎれ》のような記憶なのだろう。

ああだから、戸が開かなかったんだとるいは思った。弥吉さんが、誰も入ってこないように戸締まりをしたから。

「どうしてこの金に、触ることができないんだろう」

他人様《ひとさま》からもらった金だからだろうか。自分で汗水垂らして稼いだ金ではないのに、これで返せると浮かれたりしたから罰があたったんだろうかと、弥吉は悲しげに言う。

（そんなわけあるもんか。金は金だよ。その金だって、ちゃんともらえるだけのことをして、感謝されてもらったものじゃないか）

るいはそう言いたかったけれども、黙って唇を嚙んだ。ここはもう、冬吾にまかせるしかない。

「ああ、そろそろ仕事に行かないといけない。このままじゃいつまで経っても金を返せないからね。あたしは今は、賄《まかな》い屋の下働きをしているんだよ。……いや、木場で荷運びをしていたんだったか……」

家を出て仕事先へ向かおうとしても、どういうわけか途中で頭がぼうっとして、自分がどこにいてどこへ行けばいいのかわからなくなると、弥吉はまた頭を振った。

「気がつくと、どういうわけか長屋の木戸のところに立っていたり、家の戸口の前にいたりするんだ」

その姿を目にした者がいて、長屋の住人たちが逃げだすという今回の騒ぎになったわけだ。

「弥吉さん、訊きたいことがあるんだが。あんた、この壺をどこで買ったんだ？」

ふいに冬吾は言った。傍らに置いた壺にちらと横目をくれる。弥吉は目を瞬かせてから、この長屋に来てすぐに近所の古道具で買ったと言った。生前の記憶ははっきりしているらしい。

「ガラクタみたいに置いてあった。金を入れるのに手頃な大きさだったし、ただみたいな値段だったから」

「木彫りの蛙も？」

「蛙は別の店だ。縁起物の露店で売っていたものさ」

そうかとうなずいて、冬吾は考え込むように顎を撫でた。

弥吉は途方に暮れたように手拭いに包まれた金を見つめていたが、やがて肩をすぼめるようにして嗚咽《おえつ》をもらしはじめた。ほろほろと、窪《くぼ》んだ両の目から涙が流れ落ちた。

「あたしは、どうしちまったんだろう。なんだかこのところ、うまく物事を考えられないんだよ。ここでぼんやり座っている暇なんて、ないのにねえ」

るいはおろおろと、弥吉と冬吾を交互に見やった。冬吾は肩をすくめると、

「ねえ、弥吉さん。どこか身体の具合が悪いことはないかい」

「……ああ、身体の節々が痛むよ。それに時々、胃の腑《ふ》のあたりがずんと重いことがある」

弥吉は洟《はな》を啜りながら答えた。

「今もかい」

「いや、今は……」

そういえば痛みがなくなったと、弥吉は涙を流しながら目を瞠った。

だろうねと小さく呟き、冬吾はいったんは弥吉の前に置いた手拭いを、手を伸ばして摑みあげた。

「あんたの望みは、十二両を松崎屋に返済し終えることだろう。この金を渡せば、それが叶う。だったらうちの奉公人がさっき言ったように、あんたに代わって誰かが金を届ければいいだけの話だ。松崎屋だって、それで不義理を責めたりはしないよ」

「けれども、それは……」

「あんたにも筋はあろうが、このとおり私はこの金を摑むことができる。触れることができないのは、あんただけだ。ここは譲って、他の誰かを恃んでみちゃどうだろう。心配ならあんたも一緒に行って、松崎屋が金を受け取るところを見届ければいい」

弥吉が何か言いかけるのをさえぎって、冬吾はさらに言葉を継いだ。

「そうしてあんたは、自分の家に帰るんだ。ここじゃない、徳三郎さんの長屋へだ。女房と娘と一緒に暮らしていた家にだ」

弥吉はぽかんと開けたままだった口を、閉ざした。

「自分の家に帰る……？」

おそるおそるというように漏らした声に、冬吾は力強く応じた。

「そうだ。——帰るんだよ、弥吉さん」

まるでその言葉が鍵となって、錠前がぱちんと開いたみたいだった。涙に濡れていた弥吉の目の奥に、うっすらと光が灯った。

「家に……あたしの家に、帰る……」

ああ、と弥吉は嘆きではない息を吐いた。

「おりくはどうしているだろう。おみちは、あたしのことを憶《おぼ》えているだろうか」

もちろんだと、冬吾はうなずいた。

「おりくさんにここへ迎えに来てもらおう。なんなら、金もおりくさんに届けてもらえばいいさ。二人とも、あんたが帰るのを待っているよ」

まだ目尻に溜まっていた涙を絞り出すように、弥吉は目を閉じる。そうして、心から安堵したみたいに呟いた。

帰りたかった、と。

「あたしはもうずっと、あたしの家に帰りたかったんだよ……」


外へ出ると待っていたはずの次郎兵衛の姿がない。木戸を出て表に回ると、そこにいた。手に文らしきものを持っている。

「ちょうどよかった。今、徳三郎さんが使いをよこしてきたんですよ」

おりくが明後日《みようごにち》、昼過ぎにこちらを訪ねて来るという。

「徳三郎さんも付き添いで来るはずでしたが、その日に急な寄り合いが入ってしまったとかで。いらっしゃるのは、おりくさん一人です」

「明後日には私もおうかがいして、かまいませんかね」

「もちろんですとも」

それで弥吉はどんな案配ですかと次郎兵衛は問い、とりあえず人間の顔に戻りましたと冬吾は応じる。

「それはよかった」

うなずいてから、次郎兵衛は冬吾が抱えている壺に目をやり、それは何ですかと怪訝な顔をした。るいも先から気になって堪らないことだったので、思わず身を乗り出した。

「この壺ですか」

冬吾は何でもないことのように、さらりと言い放った。

「これが、今回の怪異の元凶ですよ」

立ち話も何ですからと次郎兵衛に勧められ、二人は表長屋の座敷に腰を落ち着けた。いつもは吉河屋から女中が通ってきているのだが、今日はまだ顔を見せないのでと詫びて、次郎兵衛は台所から冷ました麦湯を鉄瓶ごと持ってきた。

蚊帳《かや》の外ならぬ戸口の外に置かれて事情がわからぬ次郎兵衛に、家の中で何があったかをまず説明してから、

「この壺は、おそらく呪《まじな》いの道具として使われていたものです」

湯呑みに注がれた麦湯を一息に飲み干して、冬吾は言った。次郎兵衛は首をかしげる。

「呪いとは、どのような」

「いろいろありますが、こういう物はたいがいよい事には使われません」

弥吉は知らずに買ったのだろうし、売った側もいわくつきの物だとはわかっていなかっただろう。実際、ガラクタ同然に古い物で、呪いの力などとうに消えている。それでも本来なら外に出回っていい物ではない、呪いを施した人間がきちんと手順を踏んで廃棄しなければならなかったと、冬吾はその時には厳しい顔をした。

「多分、この中で虫や小動物を殺したのでしょう。蛇や鼠、トカゲ、それに蛙といった念の強い生き物をです。どんな小さな生き物にだって、殺される恨みはある。その恨みを呪いの力に利用するわけです」

聞いて次郎兵衛は顔をしかめた。怖い話だと、るいも思う。呪いだか何だか知らないが、そんなことで殺された虫や動物が可哀想だ。そりゃ、普段から蛇や鼠を可愛いとはあまり思っていないけど、それとこれとは話が別だ。

「そんなことが、見ただけでわかるものなのですか」

疑っているのではなく、感心しているのだ。次郎兵衛はしげしげと、冬吾の手元の壺を凝視した。

それが商売ですからと、冬吾は苦笑する。

「たとえば血のついた着物などは、いくら洗い張りをかけたところで糸にまで染み込んだ血のあとを消すことはできないでしょう。それと同じですよ。この壺を使った呪いは、他人を不幸にするものだった。生きているものの命を代償にするのですからね。それに係わったものたちの嘆きや痛みが、この壺に染みついている。そういったものは年月が経って薄まることはあっても、完全には消えることはありません」

「そうしますと、その……持ち主を祟るということも?」

思わずというように、次郎兵衛は座ったまま身体を退《ひ》いた。冬吾は苦笑のまま、首を振った。

「言ったように、効力は切れています。なんなら味噌や梅干しを入れるのに使ったところでかまいませんよ」

「そんな気味の悪い」

「何も知らなければ、その程度のものだということです。ですから弥吉がこの壺を金を貯める目的で使っていたって、障りはないはずだった」

「でも、弥吉さんは蛙になりかけていたんですよ。他にも天井から蛙が落ちてきたり、長屋中が蛙だらけになったり」

障りがないどころではないと、るいは思う。害のないものなら護符を貼りつける必要はないだろうし、そもそもこの壺が元凶だと言ったのは冬吾なのだ。

「はずだった、と言っただろう」

冬吾は平然と、壺を持ち上げて見せた。中でことんと音がしたのは、木彫りの蛙が入っているからだ。

「怪異の原因として考えられるのは、弥吉が露店で買ったという縁起物の蛙を、自分が稼いだ銭と一緒にこの壺の中に入れていたことだ」

「なぜそのようなことを」と、次郎兵衛は眉を寄せる。

「まあ、ひとつは縁起担ぎでしょうね。蛙は金が『返る』に通じる。財運を呼び込むめでたい生き物とされていますから。松崎屋へ返す金が早く貯まるようにと」

「はあ、なるほど」

「それとおそらく、もうひとつ。――弥吉は願掛けをしていたのだと思います」

願掛け、と次郎兵衛は繰り返す。冬吾は深くうなずいた。

「蛙が縁起がよいと言われるのは金運とは別に、『帰る』にも通じるからです。だから親しい相手との再会を望む者は、蛙の人形や置物を縁起物として求めることが多い」

蛙。かえる。――帰る。

家へ帰る。家族のもとへ帰る。大切な人に会うために、戻りたい場所へ戻るために。無事に帰ることができますように、と。

るいはハッとした。

――あたしはもうずっと、あたしの家に帰りたかったんだよ……

「十二両を返して、女房や娘のもとへ帰る。弥吉はそう心に思い決めていたのだろうと思うのですよ」

日々稼いだ細かな銭を羽目板の下に隠した壺に貯めながら、弥吉はきっと縁起物の蛙に願っていたのだ。

(おりくさんやおみちちゃんのもとへ帰れますように、また一緒に暮らせますようにって。……きっと、そう願ってたに違いないわ)

そう思ったら、るいは鼻の奥がツンとして、ほろりと涙がこぼれそうになった。ところがその時、座敷のどこからか「ううう」と嗚咽だか呻き声だかわからないような声が聞こえてきたものだから、涙のかわりに冷や汗がどっと出た。

（お父っつぁんたら。壁が泣いたら染みになっちゃうわよ）

幸い、次郎兵衛は作蔵には気づいていないようである。どうにも腑に落ちないというように、

「その願掛けが、怪異の原因だったというのですか？」

「はい。言ったように、呪いには蛙も使われていたはずです。微《かす》かでもその気が残る壺に蛙のかたちをした物を入れ、あまつさえそこに強い祈念が加わった。きっと帰る、帰りたいという弥吉の強い想いです。つまり、偶然とはいえ、呪いの条件がそろってしまったんですよ。しかも八年もの間……とすれば、この壺がなにかしらの力、妖力といえるものを持ってしまったとしても、不思議はない」

その力が蛙の幻覚を生みだしたのだと、冬吾は言った。

「なんと。幻覚とは」

「天井から落ちてくる蛙が翌朝には消えていたというのは、実体ではなかったからでしょう」

「路地に集まってきた蛙のほうは……」

「あちらは本物です。こうして壺の力は封じましたから、放っておいてもそのうち川に

でも戻ると思いますよ」

「巳助が聞いたという声は、弥吉のものだったのでしょうか」

「本人でなければ、牛蛙でも入り込んでいたんじゃないですか」

あくまで真顔の冬吾に対し、次郎兵衛は「なるほど牛蛙ですか」と些か気が抜けたように応じた。

「確かにあれの鳴き声は、唸っているようにも聞こえますな」

ともあれ、壺が引き起こした怪異に違いはない。

そういえば、とるいは思いだした。

(当たらずとも遠からずって、こういうこと?)

蛙大明神のことだ。そんな神様が本当にいるかどうかはともかくとして、あの時点で冬吾はこの一件に予想外の別の力が働いていたことに気づいていたのか。

さすがだわと思ってから、るいはふと、怖いことを考えてしまった。

「あの、冬吾様」おそるおそる、訊く。「弥吉さんが死んだのは、まさかその壺のせいだったんじゃ……」

他人を不幸にしたという呪いの力のせいではなかったかと思ったのだ。

しかし冬吾は、あっさりと首を振った。

「違うな。生きた人間の持つ力、すなわち生気というのは存外、強いものだ。この壺の力くらいでは、弥吉も生きている間は何も影響はなかっただろう。逆に言えば、人間を取り殺すほどの妖力なら、蛙が集まってくる程度ではすまないところだ」

しかし生気を失って霊魂だけになってしまえば、外からの力の影響を受けやすくなる。弥吉の霊が蛙の気と混じり合って、その姿が変わってしまったのもそのためだと冬吾は言った。

「じゃあ、弥吉さんはやっぱり、寝ているうちに寒さで心の臓が止まってしまったんですね」

安堵したのが半分。哀しいのが半分。いや……聞けば聞くほど、弥吉にとってはなんと酷《むご》い結末だろうと思う。あと少しだったのだ。本当にあともう少しで、願いは叶ったのに。

「酒など飲んだりしなければ……」

次郎兵衛も同じ思いなのだろう。やるせなく、息を吐いた。

「酒のせいばかりではないかもしれませんよ」

しかし冬吾は、ぽつりとそんな言葉を漏らした。

「他に原因が？　弥吉は凍死ではないのですか？」

思わず膝を進めた次郎兵衛に、さてと冬吾ははぐらかすようにゆるりと首を振る。

「弥吉は、もうずいぶん疲れていたんじゃないでしょうかね」

「疲れていた？」

「長い間、働きづめに働いて、多分かなり無理もしていたのでしょう。それでも、松崎屋に金を返したい、女房子供のもとに帰りたいという一念でその無理をつづけていた。見たところ、具合もよくなさそうでしたしね。本人は気づいていなかったかもしれないが、身体のほうがもう限界だったのではないかと思います」

身体の節々が痛む、時々胃の腑のあたりがずんと重いことがあると、弥吉は言っていた。

「これでようやく金をすべて返すことができるとホッとしたとたんに、それまで気力で保っていたものが緩んだ。張りつめた糸が、ある瞬間にぷつりと切れるようなものです。もしかしたら、身体が弱っていたところにその夜の冷え込みがたたって、眠っているうちに心の臓が止まってしまった。……そういうことだって、有り得るでしょう」

あくまで憶測ですがと、冬吾は低くつけ加える。

次郎兵衛はしんみりと黙り込んだあとに、目頭を拭った。

「せめて、成仏させてやりたいものです。九十九字屋さん、よろしく頼みます」

「承っております」

それが仕事ですのでと、冬吾はうなずいた。


「あのう、冬吾様」

次郎兵衛の家を出て帰路についてから、るいはようやく気になっていたことを口にした。

「弥吉さんはまだ、自分が死んで幽霊になっていることに気がついていないと思うんですけど」

「そうだな」

先を歩く冬吾は、振り返りもせずに応じた。片手に、次郎兵衛から借りた風呂敷で包んだ壺をぶら下げている。

るいは足を速めて、彼の隣に並んだ。

「それなのに、成仏ってできるんですか？」

本人は生きているつもりなのだから、いきなりあの世へ行けと言われても納得がいかないし、困ると思う。

(それとも、幽霊の自覚はなくてもちゃんと成仏はするのかしらん)

うーんと首を捻るるいを横目で見て、

「弥吉に伝えるつもりではあったがな。途中で気が変わった」

冬吾は素っ気なく言った。

「あの様子では、自分が死んだことを知ってもよいことはない。無念が残るばかりだろうから」

「でも」

「望みを叶えてやるしかない。金を返し、以前に住んでいた家に戻り、女房や娘と再会する。思い残したことがすべて叶えば、その先どこへ行けばよいかはおのずとわかるはずだ」

るいは目を瞬かせると、傍らを歩く冬吾を見上げた。——冬吾様がそう言うのだから、そうなのだろう。心配ないのだと、うなずいた。

そうしてさらに空の高みに目を向けて、ああ明るいと思った。梅雨の晴れ間の陽射しを浴びて、町の風景も道ゆく人々の姿や表情も、木の葉の一枚一枚までがくっきりと色鮮やかで明るい。

明後日、おりくが弥吉のもとへやって来る日も、こんなふうに晴れていればいいと思った。陰鬱な雨の中ではなく、こんな眩《まぶ》しい光の中を、弥吉が帰っていければいい。

ふいに、冬吾が「うっ」と呻いて足を止めた。と、同時にぱしゃんと足もとで水が跳ねた。見れば道端にいた一匹の蛙が、二人の前を横切るように跳ねて、水溜まりに飛び込んだところである。不意打ちだったので、冬吾は思わず立ち竦《すく》んだものらしい。

寸の間、九十九字屋の店主は気まずい顔で黙り込んでいた。るいはといえば、何も見なかったふりをしようと思うのに、どうにも可笑《おか》しさがこみあげて、ついにぷっとふきだしてしまった。

「何が可笑しい」

案の定、冬吾が睨みつける。

「すみません。ええと……冬吾様は、本当は蛙が苦手なんですか？」

昨日、ナツがこっそり教えてくれたことだ。

――冬吾はね、ああ見えて蛙が大の苦手なんだよ。

それなのに痩せ我慢をして次郎兵衛や蛙になった弥吉の前では何食わぬ顔をしていたのかと思うと、いけないと思いつつも、るいはついつい口もとが緩んでしまう。

「そんなことは……」

冬吾はむっとした声で言いかけたが、途中で深々とため息をついた。

「苦手なわけではない。嫌なことを思いだすだけだ」

「嫌なこと？」

水溜まりをよけてさっさと歩きだした冬吾の後を、慌ててるいは追いかけた。

「……子供の頃、周音《あまね》が私の夜具の下に蛙をしのばせていたことがあってな。もちろん、あいつの嫌がらせだ。寝ようとして夜具をめくったとたん、蛙が何匹も布団の上を跳ねていて、そのうちの一匹が飛び上がった拍子に私の顔に張りついた」

いまだに、蛙を見るとその時のぬめっとした気持ちの悪い冷たさがよみがえってぞっとするのだと、冬吾はせっせと歩きながら、苦虫を嚙み潰《つぶ》したような顔で言う。

（そういうのを苦手って言うのじゃないかしら）と内心では思いつつ、「そうですか、周音様が」とるいは殊勝にうなずいた。

冬吾の実兄である周音は、面倒見はいいくせに意地悪という困った御仁《ごじん》だ。わけあって両者は幼い頃から犬猿の仲、そのため冬吾の周音に対する物言いは容赦がない。

「あいつはそういう奴だ。傲慢でひねくれていて、そのくせ外面だけはいい。あいつにされたあれこれを思いだすと、今でも腑《はらわた》が煮えくりかえる」

（外面以外は、よく似た兄弟だと思うけど）

結局のところ、二人は気が合うんじゃないだろうか。しかしそんなことを口にしたが最後、怖ろしいことになりそうなので、るいは笑いを嚙み殺した。店主が口をきいてくれなくなったりしたら、奉公人としては困る。

何にしても、周音絡みならばさっさと話題をかえたほうがよさそうだ。

「冬吾様。あたし、お腹がすきました。もう昼餉《ひるげ》の時間を過ぎていますよ」

るいが力をこめて言うと、「子供か」と冬吾は呆れたように言う。そうして、「いや、子供だったな」とニヤリとした。

十六です、とるいは口を尖《とが》らせた。

「しかし確かに、朝飯を食べてから何も口にしていなかったな。何か食っていくか」

おあつらえむきに、少し先に蕎麦屋の看板が見える。

「はい」と元気よく答えたとたん、腹の虫がぐうと盛大に音をたてて、るいは顔を赤くした。

五

天に祈りが通じたか、朝にはどんよりと垂れ込めていた雲が、昼前には薄日とともに割れて、午後になると綺麗な青空が広がった。

次郎兵衛の家に到着すると、すでにおりくの姿があった。早めにこちらに着いたので、先に寺へ行って、弥吉の位牌を引き取ってきたという。

「このたびはうちの人が面倒をおかけしまして」

おりくはそう言って、冬吾とるいに頭を下げた。

歳は弥吉と十違いの三十半ば、かつてお店で女中頭を務めたというだけあって、はきはきとした物言いの女性である。

「なんでしょうね、まったく。意地を張って女房に行く先も告げずに、長い間姿も見せずにいた亭主が、やっと報せがあったと思ったら死んじまってただなんて。おまけに死んでも成仏もせずに、この世に居残っているってんですから。つくづく、呆れますよ。ええ、あの人はそういう、根は真面目すぎるくらい真面目なくせに、どこかですとんと抜けちまうような人でしたよ」

朗《ほが》らかなほどの声で言われて、るいは正直、面食らった。思わずまじまじとおりくの顔を見つめてしまい、するとおりくもるいを見返した。一瞬迷うような表情をしてからおりくがきっぱりと笑顔になったのを見て、るいはああと思った。

この人も今は梅雨の晴れ間なんだ、と。

亭主が死んで悲しくないわけがない。この人だって、幼い娘を一人で育てながら、弥吉の帰りをずっと待っていたのだから。

きっと、さんざん泣いただろう。そしてこの後だって、何度でも泣くのだろう。でも今は仮初《かりそ》めの青空のように、人前で涙を見せずにさばさばと笑っている。

「それであたしは、何をしたらよいでしょうかね」

長屋の木戸の前で、おりくは訊ねた。

「本郷のほうは、大丈夫ですか」

もとの家に帰ることはできるのかと冬吾が今一度確認すると、手はずは整っているそうですよと傍らの次郎兵衛が答えた。先におりくから聞いていたのだろう。今の店子は常磐津《ときわず》の師匠だという独り身の女で、詳しい事情は明かせないが一日家を空けてもらえないかという徳三郎の突拍子もない申し出に、あいわかりましたとあっさりとうなずいた。というのも、師匠は弟子の数を増やすためにかねてより同じ長屋のもっと広い家に移りたがっており、徳三郎がそれについて便宜を図ると約束したからである。今晩は出先で泊まってくるからごゆっくりと、師匠は言い置いてこの朝、出かけていった。

「おみちも、今日はあちらの家で待たせてあります」

当時はまだ三つ四つでしたから長屋での暮らしはおぼえちゃいないでしょうけれど、と言ってから、おりくは口ごもった。

「あの子は、父親がしたことを何も知りません。お父っつぁんは仕事で上方にいたのだと、今も信じています。ありがたいことに松崎屋の旦那様が、おみちにそう言いきかせてくださいましてね……」

お父っつぁんは不運に見舞われて上方で亡くなったと、娘には伝えたらしい。今日は位牌を引き取ってくるから、昔みんなで暮らしていた懐かしい家でお父っつぁんをお迎えしようね、と。

その嘘を通してくれないかと、おりくの目が頼んでいる。冬吾はわかっているとうなずき、るいも一緒にこくこくとうなずいた。

「――では、おりくさん。弥吉さんのことはまかせましたよ」

自分が何をすればいいかを冬吾から聞いて、心得ましたとおりくは言った。

路地をのぞくと、あれほどいた蛙の大群はどこに散ったものか、姿を消していた。冬吾が言ったとおり、壷の効力が失われた証拠だ。まだ残って跳ね回っているものも何匹かいるが、これなら箒で追っ払う必要もなさそうだわと、るいはちらと冬吾をうかがい見て、思った。

弥吉の家の戸口の前に立った時、おりくが小さな声でるいに言った。

「中に入ったら、あの人がどこらへんにいて、どうしているか教えてもらえますか」

「わかりました。おりくさんは、幽霊を見たことがありますか？」

いいえとおりくは頭を振る。

「生まれてから一度もありませんよ。だけど、女房に自分の姿が見えてないなんて、あの人に気づかれたくはないですからね。見えなくても、しっかり顔くらいはあわせてやりたいじゃないですか」

「——九十九字屋だ。開けてくれ、弥吉さん」

呼びかけて、冬吾は戸を開けた。

促されておりくが中へ入る。ちらとるいを見た。うなずき、るいはいつもと同じようにこちらに背を向けて、座敷の隅に座っている弥吉を指差す。

おりくはひとつ息を吸うと、ぱっと笑みを浮かべて朗らかに呼びかけた。

「おまえさん、迎えにきたよ。さあ、一緒に家に帰ろう。おみちがおまえさんの帰りを待っているからね」

ゆらり、と。弥吉の霊は立ち上がると、振り返った。

本郷までおりく——と、弥吉を送っていった冬吾が九十九字屋に戻ったのは、店を閉めた後だった。なので次郎兵衛の長屋で冬吾と別れて先に店に帰ったるいが、事の結末を知ったのは、翌日のことである。

おりくはまず、金を返しに松崎屋へ寄ったらしい。冬吾は外で待っていたので、松崎屋とおりくの間にどのような遣《や》り取りが交わされたかは聞いていないが、半刻ばかり経っておりくが出てくると、その後ろに影のように従っていた弥吉は何度も振り返っては店の暖簾《のれん》に向かって深く頭を下げていたという。

本郷の長屋に着くと、かつて住んでいたという家ではおみちが待っていた。別れた時には稚《おさな》かった娘も、すでに十を越えている。おりくが戸口で振り返って「おまえさん、今まで本当にご苦労さまでした。さあ、中に入ってゆっくり休んどくれね」と言うと、おみちも一緒になって「お父っつぁん、お帰りなさい」と可愛らしい声をあげた。

——ああ、帰ってきた。

——苦労をかけたな、おりく。大きくなったなあ、おみち。

「笑っていたよ」

弥吉は幸せそうに笑っていたと、冬吾は言った。

戸口の前で懐かしそうに目を細めてあたりを見回してから、弥吉の霊はすうっと動いて家の中に足を踏み入れ、そうして——。

姿を、消した。

「じゃあ、弥吉さんは成仏したんですか？」

話を聞いて、るいは目を丸くした。

「あの男の望みはすべて叶った。思い残した重石《おもし》がとれて、この世に繋《つな》ぎ止める未練の糸が切れれば、もう此岸《しがん》に留まる理由はなくなる」

そうかと、るいは思った。弥吉さんはようやく彼岸へ旅立ったんだ。梅雨の晴れ間の、明るい日に。最後は幸せだったんだ。

よかったという想いとやるせなさの残る気持ちが交差して、るいは小さく息を吐いた。

おりくはこれを機に、徳三郎の長屋に戻ることを考えているらしい。くだんの師匠が家移りすれば、もとの家にそのまま入ることができる。今働いている料亭も住み込みから通いにかえればいいだけのこと、そのほうが弥吉も盆に帰ってくる時に迷わずにすむでしょうからと、おりくは言ったそうだ。

「次郎兵衛さんの長屋は、これからどうなるんでしょう」

今回のことで次郎兵衛が差配人をやめてしまうのではと、るいはちょっぴり心配だったのだが、

「しばらくは幽霊長屋の噂に難儀するだろうが、なに、騒動がおさまったのならそのうち皆、忘れるさ」

世間などそういうものだと、冬吾は平然としたものだ。

「差配人がしっかりしてさえいれば、それをあてに店子は入る。心配はいらん」

次郎兵衛の誠実な人柄なら、きっと大丈夫だろう。冬吾の言葉に、るいはホッとしてうなずいた。

その時遠く、雷の音が響いた。

昨日の青空が嘘のように、朝から薄墨色の雲が天を覆い、時おりざあと雨脚が強くなる。この雨があと何日かつづいて、梅雨の仕舞いを告げる雷が盛大に鳴ったら、江戸の盛夏がやってくる。

第二話

鬼灯《ほおずき》ほろほろ

一

水無月《みなづき》が去り、文月《ふみづき》に入れば季節は秋。しかし暦の上では初秋でも、江戸はまだまだ暑さの盛りにあった。

七夕が過ぎて、次に江戸っ子が心待ちにするのが、文月十日の浅草寺《せんそうじ》の縁日だ。『四《し》万六千日《まんろくせんにち》』と呼ばれ、この日に参拝すると、ありがたくも四万六千日分の功徳《くどく》が得られるとあって、寺には前日から大勢の人々が詰めかけ、毎年たいそうな賑わいを見せる。

「すごい人出ですね」

その日、冬吾に言いつけられて、ナツと一緒に浅草寺にやって来たるいは、境内にあふれかえる人の数と熱気に目が回りそうになっていた。思わず足を止めたとたん、後ろから来た人たちにぶつかって、慌ててまた歩きだす。

「気をつけな。はぐれるんじゃないよ」

傍《かたわ》らにいたナツが、人波に押しやられて離れそうになったるいの腕を摑《つか》んだ。

「四万六千日は初めてかい？」

「ええ。話には聞いていましたけど」

子供の頃は、浅草《あさくさ》なんてるいにはどこにあるかもわからない、うんと遠い場所だったし、十二歳で奉公に出てからは忙しくて縁日に出かけるどころではなかったのだ。

そうかいとうなずいてから、ナツは強い陽射しにうんざりしたように、はたはたと手で顔をあおいだ。

「さっさと用事をすませて帰りたいもんだ」

「でもせっかく浅草まで来たんですから、観音様にお参りしていきましょうよ」

「あやかしに功徳日なんざ、無縁のものだよ」

化け猫らしい言葉を吐いて、ナツは綺麗な眉をしかめた。それでも参拝の人波に乗って、るいとともに参道を進んでいく。

冬吾から言いつかった用事とは、盆の精霊棚《しょうりょうだな》に置く鬼灯《ほおずき》を買うことだった。境内には鬼灯の市がたつ。それを目当てに訪れる者も多いようで、境内では、ぽってりと赤い袋を幾つもつけた鬼灯の鉢を抱えて歩く人々の姿が、あちこちに見られた。

人の多い場所を嫌う冬吾のこと、当然、自分でわざわざ縁日に寺に出向くようなことはしない。盆の支度のために近場《ちかば》の草市《くさいち》に渋々足を運ぶことくらいはするが、鬼灯だけは毎年こうしてナツに頼んで、浅草寺の市で買い求めているとのことだ。

きっと次からは、その役目はあたしに回ってくるんだわとるいは思った。ナツと一緒に市へ行って鬼灯を買ってこいと冬吾が言ったのは、そういうことだろう。

よし。これは頑張って、とびきりの鬼灯を選んで帰らなくては——と、そっと拳《こぶし》を握ったるいだが、

(……でも、いい鬼灯って、どういう鬼灯をいうのかしら)

すぐに首をかしげてしまった。

実の数が多いとか？　他よりも赤味が勝っているとか、葉っぱが大きいとか？

「ナツさんはいつも、どうやって鬼灯を選ぶんですか？」

「選ぶもなにも、鬼灯なんてどれも同じようなもんだ」

「え」

拍子抜けしたるいを見て、いつも同じ店で買っているんだよと、ナツは口もとを緩めた。

「深川で冬吾が贔屓《ひいき》にしている植木屋があってね、毎年この市で店を掛けているんだ。腕のいい職人を揃えているらしくて、あたしにゃ鬼灯の善《よ》し悪《あ》しなんてわかりゃしないけど、その植木屋の鉢物が丹念に手をかけて育てられていることくらいは見てわかる。だから市で鬼灯を買うならその店と決めているのさ」

店のほうでも心得たもので、九十九字屋のために毎年必ず一鉢、取り置いてくれているのだという。

「なんだ。店で選んでくれたものを、受け取るだけでいいんですね」

でもそれならわざわざ浅草まで鬼灯を買いに出てこなくても、地元でその植木屋から直接買えばいいのに。るいがそう言うと、「ご祝儀を出して縁起を担ぐのがいいのさ」とナツは笑った。

ようやくお参りの順番が回ってきた。すし詰めになった参拝客の列から解放されて、るいはほっと息をつく。

「喉《のど》が渇いたね。市へ行く前に、一休みしていこうか」

ナツは境内の掛け茶屋を指差した。麦湯、あられ湯、葛湯《くずゆ》などと書かれた札が下がっている。

ええとうなずいてから、「あ、そうだ」とるいは浮き浮きと言った。

「帰りに、寺前でお蕎麦《そば》を食べていきませんか。お代はあたしがもちますから」

「そりゃありがたいけど、金はあるのかい」

えへへと笑って、るいは財布の入った自分の懐をぽんと叩いた。

「実は出がけに、冬吾様からお小遣いをいただいたんです」

「おや、あの男にしちゃ上出来だね。では遠慮なく」

境内には茶店の他に、様々な食べ物の屋台が並んでいる。何を焼いているのか、醬《しょう》油《ゆ》の焦げる香ばしい香りに鼻をくすぐられて、るいが思わず首を伸ばしてあたりを見回した時だった。

そばの人混《ひとご》みから駆け出てきた小さな人影が、勢いよくるいにぶつかった。驚いて目をやれば、十をひとつふたつ越えたくらいの男の子だ。

「おっと、ごめんよ」

いっぱしの口をきいてそのまま駆け去ろうとした子供の腕を、傍《かたわ》らにいたナツが素早く捕らえた。とたん、子供の手からすべり落ちた物を見て、るいはぎょっとした。

「あたしの財布！」

懐に手を入れると、空っぽだ。慌てて地面にあった財布を拾い上げ、握りしめた。

「放せよ、何すんだよ！」

子供はじたばたと暴れて、ナツの手を振り解《ほど》こうとする。が、容赦なく腕を捻《ねじ》りあげられ、「痛《いて》ぇ！」と悲鳴をあげた。

「呆《あき》れたね。その歳で巾着切《きんちゃくき》りかい」

軽々と子供を捕らえたナツは、ふんと鼻を鳴らした。

呆気《あっけ》にとられていたるいは、その言葉でようやく、掏摸《すり》にあったのだと気がついた。

（すごいわ。全然、わからなかったわ）

まだ小さな子供の丈で、伸ばす手も見せずに一瞬にして相手の懐から財布を抜き去るなんて。まるで名人だと感心してから、いやいやそんな場合ではないと我に返った。

「なんだよ、おいらは何もしてねえぞ！」

「この娘の財布を盗んだじゃないか。このまま番屋に突きだしたっていいんだよ」

「そんなの知らねえよ。おいらは走っててぶつかっただけだ。そいつがぼうっとして、自分で財布を落としたんだろ！」

甲高いわめき声に、そばを通り過ぎようとしていた者たちが足を止める。なんだなんだと、周囲に人だかりができはじめた。

「嘘をついても無駄だよ。ちゃんと見ていたんだからね」

「嘘はそっちだろ」

子供はきかん気そうな目でナツを睨《にら》むと、ふいにニヤリとした。

「おいらの手を、よく見ろよ。指が動かないのに、どうやって財布を盗むってんだ」

言われて見てみれば、ナツが摑んだままの子供の右手は指を折り込んだ握り拳のかたちで固まっている。

「うんとガキの頃から、おいらの手はこのまんまだ。ひっついたみたいに開かないんだ。財布どころか、箸も持てねえよ」

あれ、とるいは思った。

もしもそれが本当なら、さっき見たものは何だろう。ナツが腕を捕らえた一瞬、子供の手は確かに財布を摑んでいた。

（でも、あれは……）

白い手だった。ほっそりと長い指だった。目の前の真っ黒に日に焼けて汚れた子供には、似つかわしくない――あれは、女の手だ。

「性悪のガキが、居直りやがって」

「てめえで手を握って見せてるだけだろが」

野次馬の中から声があがった。特に若い男たちは、ナツに加勢することに決めたらしい。というのも、ナツが女ですこぶるつきの美貌《びぼう》の持ち主という、わかりやすい理由からである。

「だったら誰か、おいらの手をこじ開けてみろよ」

子供はムキになったように、啖呵《たんか》を切った。

「この指を開けるもんなら、開いてみな。そうすりゃ、おいらが嘘つきだって認めてやらぁ！」

「おう、やってやら」

見物していた一人が、前に進みでた。いかにも筋骨逞《たくま》しい若者で、大仰《おおぎょう》に腕まくりまでして見せた。

（え、ちょっと待ってよ）

どうしよう、とるいは思った。こんなのが相手じゃ、へたをすれば指どころか、子供の細い腕なんてぽっきり折れちまうかもしれない。

子供は一瞬、竦《すく》んだように見えた。それでも強がっているのか、口をへの字に曲げて、小さな動物が威嚇《いかく》するみたいに肩をそびやかす。その様子に、「おいおい」だの「意地を張るんじゃねえよ」だのと、苦笑まじりの声が周囲から飛んだ。

その時だった。耳もとで囁《ささや》くような声を、るいは聞いた。

——勘弁してやっとくれ。もう二日、何も食べてなかったんだよ。

女の声だった。

え、と目を瞬《まばた》かせて、るいはあたりを見回した。が、声の主《ぬし》と思われる姿は、どこにもない。

「子供の言うことだ。真に受けるもんじゃないよ」

ナツは子供の腕を放すと、男と子供の間に割り込んだ。

「なんでえ。財布を盗まれたって騒いだのは、そっちじゃねえか」

いいところを見せようとしていた当の相手に窘《たしな》められて、男はむっとしたらしい。

「だから、落とし前はこっちでつけるさ」

言ってナツは、艶《えん》な仕草を添えてニコリと笑う。美人に笑いかけられて、不機嫌だった男の顔がたちまち腑抜《ふぬ》けた。

「子供相手の力自慢じゃ、いい男が台無しだよ。悪かったね、兄さん」

「いや、あんたがそれでかまわないなら、俺ぁ別に……」

赤い顔で頭を掻きながら男が立ち去ると、野次馬たちも気が抜けたようにぞろぞろと散っていった。

子供はぼうっとそれを見ていたが、ナツと目があったとたん、脱兎《だっと》のごとく飛び上がって逃げだした。いや、逃げだそうとしたのだが、数歩で足がもつれて、その場にすとんとしゃがみ込んでしまった。

「なんだ、腰が抜けちまったのかい？」

「ち、違わあ」

それでもまだ意地を張るのが可笑《おか》しくて、るいはくすくすと笑いながら子供のそばに寄ると、顔をのぞき込んだ。

「あんた、お腹が空いてるんでしょ」

子供はへたり込んだままぷいと横を向いたが、るいがつづけて「もう二日も食べてないんだって？」と言うと、ぎょっとしたように視線を戻した。

「なんだよ。なんで……」

知っているのかという言葉を、呑《の》み込む。

るいはまだ握りしめたままでいた自分の財布に目をやった。仕方がない、帰りに蕎麦を食べるのは諦めよう。

「これから茶屋で一休みするところだったの。よかったら、あんたもどう？　一緒にお団子でも食べよう？」

団子と聞いて、子供は唾《つば》を飲み込んだ。それでもまだ、

「おいら、物乞《ものご》いじゃやねえもん。食いもんだろうが何だろうが、恵んでもらうなんてまっぴらだ」

ひねくれたことを言う。と、ナツがすかさず、

「ご立派だね。恵んでもらうのはまっぴらだから、他人様《ひとさま》の懐から金をくすねるってのかい」

子供はぐっと詰まって、下を向いた。その肩が震えて、やがて蚊《か》の鳴くような小さな声が聞こえた。

「……ごめんなさい」

存外に素直な言葉に、るいはナツと顔を見合わせた。

「あのさ」

るいは子供の前に身を屈《かが》めると、声をかけた。

「ちょっと気になることがあって、あんたの話を聞きたいって思ったのよ。でもここで立ちん坊もなんだから、お茶を飲んで団子を食べながら……ね。何もあんたを憐れんで、恵んでやろうなんてことじゃなくて、さ」

子供は顔をあげると、るいを見た。

「おいらに聞きたいこと？」

うんとるいはうなずくと、さも何でもないことのように言った。

「あんた一体、誰と一緒にいるの？」

子供は息を呑むと、こぼれ落ちそうなほど大きく目を見開いた。


子供の名は寛太《かんた》。歳は十二歳だという。

茶屋に入って、最初のうちは遠慮がちに床几《しょうぎ》の端っこに腰を下ろしていた寛太だったが、目の前に団子の皿が運ばれてきたとたん、他のものは目に入らなくなったらしかった。串《くし》まで丸呑みしそうな勢いで団子を頬張《ほおば》るのを見て、るいは慌てて追加の団子を注文した。丸二日も食べていなかったというのは本当だったようで、るいとナツが手にした一串を食べ終えないうちに瞬《またた》く間に皿は空になり、おかわりの団子も串の束ができるほどの数をたいらげて、寛太はようやく人心地ついたように小さなげっぷをした。

寛太の身の上は、まあ大方そうだろうと思っていたとおりのものだった。

物心つかぬうちに二親を火事で亡くし、親戚をたらい回しにされたあげくに七つ八つで里子に出された。しかし里親と反《そ》りがあわず、何年かしてそこを飛びだしてからは、神社や寺の床下をねぐらに古釘や木っ端《こぱ》を拾って売ったり、屋台の洗い物をして駄賃をもらったり、堀で鰻《うなぎ》やドジョウを捕まえて店に持っていったりと、およそ子供が食うためにできることは何でもやって生きてきた。

だがこの二日は、運悪く釘の一本も拾えず、洗い物を手伝わせてくれる屋台にも巡り合えず、空きっ腹を抱える羽目になったらしい。そういうことはよくあるよと、寛太は平気な顔で言う。

「苦労してるのねえ」

るいは寛太のなりを見つめて、しみじみとした。藍の褪《さ》めた着物はいかにも寸足らずで、繕《つくろ》ってくれる者などいないから綻《ほころ》びも破れもそのままだ。それでも「おいら、何日かに一度はちゃんと川で行水《ぎょうずい》をして、洗濯もしてるんだぜ」と本人が得意気に言うように、お世辞にも綺麗とはいえないにせよ、せいぜい小汚いくらいの見た目ですんでいる。

「ねえ、あんたのその手、本当に開かないの？」

「そうだよ。おいら、嘘は言ってねえ」

「うん」

夢中で団子を食べている間も、寛太は右手を握ったままだった。この子の手は本当に、指が折れたまま くっついて拳になってしまっているのだ。

「いつからそんなふうなんだい？」とナツが訊く。

「おいらが赤ん坊の時だって」

「誰から聞いたの？」

「……うん」

団子をおごってもらったことでそれまでつるつるとよく動いていた寛太の口が、急に重くなった。

「でも誰に聞いたか、知らね。忘れた」

「そう」

右手がそうなったのは、火傷《やけど》や怪我《けが》のせいではなさそうだ。少なくとも、見た目にそれらしい傷跡はない。

ナツは手にしていた湯呑みを床几に置くと、心持ち子供のほうに身を傾けた。

「じゃあ、さっきみたいな掏摸の手口は誰に教わったんだい？」

寛太は寸《すん》の間《ま》、黙り込んだ。それから下を向いてぼそぼそと、

「誰にも教わってない」

「教わってないって？　でもサ、あんたみたいな子供が手本もなしにやってのけるほど、巾着切りって稼業は甘かないと思うけどねぇ」

「おいら……食い物をかっぱらったことはあるけど……他人の財布を盗んだのは、初めてだ」

え、とこれにはるいが驚いた。

「初めてだったの？　だってすごく上手だったよ。あたし、懐から財布がなくなったことなんて、全然気がつかなかったもの。堂に入ってたし、すごいって思わず感心しちゃったくらい」

「褒めてどうするのさ」と、ナツが苦笑する。

「あ、そっか」

「だけどそれが本当なら、おかしな話さね」

ナツはすうっと目を細めた。

もしこれが大人で常習犯なら、十手《じって》持ちの間で噂になって通り名のひとつふたつはついていそうなくらい、寛太の手口は鮮やかだった。

しかし、巾着切りは指先の技である。誰に仕込まれたわけでもなく、財布を掏《す》るのも初めてで、おまけに手の指が動かない。それをすべて信じるなら、そもそも寛太には到底無理なことのはずだった。

「嘘じゃないって。おいら本当に、掏摸なんて初めてやったんだ」

このところ、まともに食っていなかった。そのうえ二日、何も食べるものがなくて、目が回りそうだった。金を盗《と》るのは悪いことだとわかっていたけど、どうにも辛抱たまらなくなって、それで……と、寛太は必死に言い募《つの》った。これまでにも他人の金に手を出したと思われるのが、嫌なのだろう。

「もうやらね。この一回こっきりにしようって、言ってたし」

「誰がさ」

寛太はハッと顔をあげてナツを見ると、慌てたようにまた俯《うつむ》いた。左手までも、膝の上でぎゅっと拳に握りしめる。

ナツは小首をかしげて、るいに目配せした。るいはちょっと迷ったが、遠回しに探ろうとしても埒《らち》が明かないと考えて、単刀直入に言った。

「ねえ。初めてどころか、あんたは本当は掏摸なんてやっていないでしょ？」

「え……」

「だって自分で言ってたじゃない。その手じゃ財布どころか箸も持てないって」

子供は下を向いたまま、息が詰まったみたいにぐぅと喉を鳴らした。

「あんたはあたしにぶつかってきただけ。財布を掏ったのは別の人。別の……女の人だと思うんだけど」

なんだよ、と寛太は小さな声で唸《うな》った。

「なんで、そんなこと言うんだよ。おいらは一人だよ。そんなおかしなこと、あるわけねえだろ。どうかしてら、さっきもへんなことを言ってたし――」

「だって、見たし聞いたもの」

何をだよと、寛太は薄気味悪そうに言い返す。

「女の人の手と、女の人の声。あんたと関係のある人？」

「知らねえ。おいらは何も知らねえよ！」

寛太は叫んだ。あまりに声が大きかったので、店にいた他の客たちが何事かとこちらを振り返ったほどだ。寛太も自分の声に驚いたように一瞬、呆然《ぼうぜん》としてから、口を引き結んだ。

それからは何を訊《たず》ねても黙《だん》まりで、まるで貝がぴったりと殻を閉じたみたいに、寛太は一言も口を開こうとはしなかった――。


「なんだか、よくわからず仕舞いだったね」

茶屋を出て寛太と別れたあと、境内をぶらぶらと歩きながらナツが言った。

「そうですねえ」

言いたくないのか言えないことなのか、いずれにせよ、意固地に口を噤《つぐ》んだままの寛太を見ていると、無理に聞きだそうとするのは可哀想なことのような気がしてきた。考えてみれば、聞いてどうするものでもないのだ。これが店に来た客ならばそうも言っていられないが、寛太のことはただのこちらの詮索《せんさく》でしかない。

それでも別れ際に、「あんたが、もしまたうんとお腹が減ってどうしようもなくなったら、深川北六間堀町《きたろつけんぼりまち》にある九十九字屋という店を訪ねておいで」と寛太に言ったのは、身寄りどころか寝る場所もない子供のことが、やっぱり放っておけなかったからである。

寛太は無言でぴょこんと頭を下げると、駆け去っていった。

(冬吾様に、勝手なことをするなって、また叱られるかもしれないけど……)

でもまあ叱られるのはいつものことだしと、るいは脳裏に浮かんだ店主の仏頂面をさっさと打ち消した。

寛太に何かが憑《つ》いているのは、間違いない。死者の霊だろうか。——でも幽霊なら、どうしてるいにその姿が見えなかったのだろう。

「悪いモノではなさそうだったから、あの子の命にかかわることはないだろうよ」

るいが考えていることを見透かしたように、ナツは言った。ああでも財布を盗られかけたんだから、その意味では悪いねと、可笑しそうにつけ加える。

「思わぬところで時間を食っちまった。早いとこ市へ行って、用事をすませちまおう」

そうだった鬼灯を買わなくちゃと、るいは慌てる。寛太のことがあったせいで、浅草寺へ来たそもそもの目的をうっかり忘れかけていた。

「急がないと遅くなるよ。帰りには蕎麦を食べるんだろ」

「あ……」

小走りでナツを追いかけながら、るいは懐を押さえた。二度と掏摸にあわないように財布は奥に押し込んであるが、そんなことをしなくても金はほとんど入っていない。

「ええと、実はその」

蕎麦代がないとるいが言いかけると、ナツはニッと口の端をあげた。

「どうせあの子の団子代に使っちまって、素寒貧《すかんぴん》なんだろ。今日のところはあたしが蕎麦を奢るから、安心しな」

「そんな……いいんですか？」

功徳日だからねと言って、ナツは笑った。

二

竪川《たてかわ》の南側を仕切る岡っ引きの源次《げんじ》が九十九字屋にやって来たのは、盂蘭盆《うらぼん》の十四日のことだった。

「ちょいと邪魔するぜ。店主はいるかい」

「こんにちは、親分さん」

表口まで出たるいは、そこに数日前に会った子供の姿を見つけて、あっと声をあげた。

「寛太じゃないの。あんた、どうしたの？」

「知り合いかい？」

「だからおいら、そう言ったじゃないか」

源次に首根っこを摑まれた格好で、寛太は口を尖《とが》らせた。

「いやなに、こいつが水菓子の屋台から瓜《うり》をかっぱらったところに、たまたまうちの手下が出くわしてな。追いかけてふん捕まえてみたら、ここの名前を口にしたって言うから、一応、連れてきたんだが」

「えぇ、あんた瓜をかっぱらったの？　お腹が減ったらうちへおいでって言ったのに、なんでそんなことしたのよ！」

「うるせえやいっ」

寛太はふて腐れたが、源次に鬼瓦《おにがわら》のような厳《いか》つい顔で睨まれて黙り込んだ。頬が少し腫《は》れているのは、捕まった時に殴られでもしたからだろう。

「なに、あちらもガキを相手に、瓜一切れで大事《おおごと》にする気はねえって言うんでな。灸《きゅう》を据えてそのまま放りだしてもよかったんだが」

水菓子屋にしてみれば、岡っ引きと係わるほうが面倒である。うっかり揉《も》め事を持ち込めば、瓜よりもよほど高い袖の下を要求されるから、とっとと子供を押しつけて退散したというところだ。

「九十九字屋ってのが、気にかかってな。なにせこの店は、商売が商売だ」

源次は鬢《びん》のあたりを指で掻いて、その必要もないのに声を低めた。

「もしあやかし絡みなら、話を通しておいたほうがいいだろうと思ったもんで」

あやかしと無縁の者が、九十九字屋を訪れることはない。そういう人間には、どうやらこの店はそこにあっても見えないものらしい。それどころか、堀端《ほりばた》から角を折れて店のある路地に踏み込んで来る者もいなかった。

詳しいことはるいにはわからないが、なんでも昔、訳あってこの辺の土地に人が無闇に入り込まぬよう、人除《ひとよ》けの仕掛けが施《ほどこ》されたのだとか。

自分もあやかしに係わったことのある源次親分だから、九十九字屋が客を選ぶ店だということはよくわかっている。寛太が平気でここまでついてきたのを見て、ああこいつはあやかしと関係のある奴だと判断したのだろう。

店先でいつまでも立ち話もないので、るいは「どうぞ中へ」と二人を店に招き入れた。源次は相変わらず、子猫みたいに寛太の首根っこを摑んだままである。そして寛太がやっぱり、とっ捕まった子猫のように「放せよう、おいら逃げないよう」などと文句を言ってじたばたしているのが、なんだか可笑しい。

「すみません、親分さん。冬吾様は今、出かけているんです」

「散歩かえ」

「はあ」

店主は半刻《はんとき》ばかり前に、どこへ行くとも言わずにぶらっと店を出ていってしまった。いつものことだ。

「相変わらず暇そうだな」

「お盆こそ、店に客が来てもよさそうなものなんですけどね」

死者があの世から戻ってくるおかげで、この時期、江戸はやたら人の姿が多い。少なくとも、るいにはそう見える。『不思議』を商品として取り扱うこの店に持ち込まれる揉め事だって、それなりに増えそうなものなのにと思う。

「違《ちげ》ぇねえ」

上がり口に腰掛けていた源次は、座敷の奥にしつらえられた精霊棚をちらと見て笑った。そうして、るいが出した茶を一息に飲み干して、立ち上がった。

「店主がいねえんじゃ、仕方ねえな。俺ぁこれからちょいと野暮用《やぼよう》があるもんで、出直すとするぜ」

こいつは、と捕まえている寛太に顎《あご》をしゃくって、

「置いていかれちゃ困るってのなら、連れて帰るが」

大丈夫です、とるいはうなずいた。

「この子とは、一緒に茶屋でお団子を食べた仲ですから」

るいは桶《おけ》に水を汲《く》んでくると、手拭《てぬぐ》いを浸して、上がり口にいる寛太に渡してやった。寛太がそれで殴られた頬を冷やしている間に、別の手拭いで埃《ほこり》まみれの手足を拭ってやる。

そうしている間にも、

「浅草からわざわざ来たんでしょ。だったらどうして、すぐに訪ねて来なかったのよ？」

文句を言ったが、寛太は相変わらずふて腐れて下を向いているばかりだ。

今さら黙りもないでしょうにとため息をついていると、ナツが表口から姿を見せた。手に竹の皮の包みを持っている。

「筧屋《かけいや》に頼んで、握り飯をこさえてもらったよ」

どこぞの塀か屋根の上にいて、源次が子供を連れて訪れたのを見ていたのだろう。

目の前で包みを開いてやると、寛太は遠慮なく握り飯に手を伸ばし、大口で頬張った。空腹で瓜を盗むくらいなのだから、縁日以来、ろくにまた食べ物にありつけていなかったに違いない。

さてどうしようかと、るいは思った。

「冬吾様に、何て説明しようかしら」

「この子のことだったら、冬吾にはもう伝えてあるよ。あんたが掏摸にあったことに始まって、全部あの日のうちにあたしから話しておいた」

ナツがあっさり言ったので、るいは「えっ」と目を瞠《みは》った。

「どうせあんたのことだ、後先など考えちゃいなかったんだろ」

「う……、すみません」

そのとおり、寛太が本当に店まで来るかどうかもわからなかったし、来たら冬吾に事情を説明してご飯を食べさせてやればいいわ、くらいにしか考えていなかったるいである。

「でも、冬吾様は何も言っていなかったけど……」

「そりゃ本人が言いださなきゃ、憎まれ口だってきけないさ」

とすると、冬吾が戻ってこの様子を見た時にはここぞとばかりの嫌味は覚悟しといたほうがよさそうだと、るいは天井を仰《あお》いだ。

「あの、おいら……」

ぼそぼそと声がした。るいが仰向けていた顔を戻すと、寛太が左手に食べかけの握り飯を持ったまま、上目遣いに彼女を見ていた。それが最後の握り飯で、包みにあったぶんがきれいになくなっているのを見て、るいは微笑《ほほえ》んだ。

「それだけで足りた？　まだお腹は空《す》いてる？」

寛太は手にした握り飯の残りも急いでたいらげて、

「おいら、もうお腹いっぱいだ」

指についた米粒まで舐めてから、思いだしたように「ごちそうさまでした」と頭を下げた。

その様を見て、おやとナツが呟く。

「妙なところで礼儀正しい子だね。死んだお父《と》っつぁんおっ母《か》さんに、ちゃんとそうしろって言われたのかい？」

違う、と子供は首を振った。

「姉ちゃんだよ」

「姉ちゃん？　あんたの姉さんかい？」

「うん。こないだの団子の時はちゃんとごちそうさまを言わなかったから、あとで姉ちゃんに叱られた」

るいはナツと顔を見合わせた。

財布を摑んでいた白い手。女の手。勘弁してやっとくれと言った女の声が、ちらりと脳裏をよぎった。

「あんた、この前はお姉さんがいるなんて言ってなかったじゃないの」

それは……と寛太は口ごもった。

「姉ちゃんのことは内緒だから」

「内緒？」

「みんな、おいらには姉ちゃんなんていないって言うんだ。父ちゃんと母ちゃんの子供は、おいら一人だったって。でも、おじさんやおばさんたちは知らないんだ。姉ちゃんはおいらよりずっと前に生まれて、だけどすぐに死んじまった。それからずっと、成仏できないでこの世にいたって言ってた」

「姉さんがそう言ったのかい」

「うん」

だけどそんな話をしても信じる者はいなかったし、気味が悪いと罵《ののし》られるばかりだったので、寛太は姉のことは誰にも言わないと決めたのだという。

「ということは、あんたの姉さんはとっくの昔に死んでいて、亡者《もうじゃ》なのにあんたと一緒にいるんだね？」

子供はうなずく。

「今も？」

「うん」

でも、と言いかけて、るいは首をかしげた。

縁日で出会った時もそうだったが、どんなに目をこらしても、寛太のそばにいるという霊の姿が見えないのだ。

(もしかすると、あたしにも見えない幽霊なのかしら？)

いやでもそれってどんな幽霊よと、るいが考え込んでいると、

「あのさ、おいら……」

言いかけて、寛太は急に居住まいを正した。両手をきちんと膝の上に置いて、背筋を伸ばした。

「本当は、頼みたいことがあって来たんだ」

「え、お腹が空いたからじゃなかったの？」

「違わい」

聞けば寛太が浅草から出てきたのは昨日のことで、なぜか真っ直ぐ九十九字屋に来ずに、近辺をうろうろしていたらしい。そのうちどうにも腹が減って、つい目の前にあった屋台の瓜に手を出してしまったという。

「この前、姉ちゃんの声が聞こえたとか何とか、言ってただろ？　おいら、そんなことを言う人に初めて会った。それならきっとおいらの話も聞いてくれるだろうし、あの人たちなら力を貸してくれるかもしれないよって姉ちゃんが言ったからさ」

どんな頼み事だい、とナツが訊ねる。

寛太は寸の間押し黙ってから、思い切ったように口を開いた。

「おいら、姉ちゃんを成仏《じょうぶつ》させてやりたいんだ」

成仏云々《うんぬん》となると、これはるいの手に負える話ではない。詳しいことは冬吾が帰ってから一緒に聞いてもらうことにして、寛太をそのまま待たせていると、子供は腹がふくれたためか、店に来て安心したせいか、おそらくその両方でいつの間にか上がり口で横になってすうすうと寝息をたてていた。

寝顔は十二という年相応に幼くて、寝ていてもぎゅっと握り込まれたままの右手を見て、るいは少しばかり胸が痛んだ。頼る親のない、住む場所すらない子供がたった一人で――『姉ちゃん』がいるにしても――生きていくのは大変なことだ。そのうえ片手が使えないのでは、さぞ苦労も多いだろう。

ナツは寛太が寝入ってからふらりと外へ行ってしまい、作蔵はというと壁のどこかで一部始終を見ていたかもしれないが、今のところは顔を出す気はないようだ。

蚊が寄りつかないように団扇《うちわ》で扇いでやりながら、るいはふと思いついて、「あのお、いらっしゃいますか？」と寛太の寝顔にこそっと声をかけてみた。

ひとつ息を吐くほどの間をおいて、

――いるよ。

かすかな女の声があった。

反応があるとは思っていなかったので、るいは目を瞠った。慌てて、

「寛太のお姉さん？　どうして姿を見せないんですか」

――出ていきたくてもそうできないからさ。

まるで苦笑いするような口ぶりで、それきり声は途絶えた。そのあと何度呼びかけても、返事はなかった。

姿を見せることができないとはどういうことかと、るいが首を捻《ひね》っているところへ、冬吾が戻ってきた。足もとで三毛猫のナツがすましているところを見ると、どうやら糸の切れた凧《たこ》のような店主を迎えにいってくれたらしい。

「おい」

寝ている子供を一目見て、冬吾はたちまち顔をしかめた。

「はい」

「この子供が例の」

「縁日であたしの財布を盗もうとした子です。名前は寛太です」

「何にでもすぐに首を突っ込むなと言ってあったはずだぞ」

「あたしじゃなくて、この子のほうから先にこっちの懐に手を突っ込んだんです。——あ、すぐに冷えた麦湯をお持ちしますね。それと、親分さんがあとで顔を出すと言ってました」

団扇を置いてそそくさと台所へ向かったるいの背中に、冬吾はむうと口を曲げた。

「はい、どうぞ」

ともかくも座敷に腰を据えた冬吾の前に湯呑みを置くと、るいは盆を持ったまま自分もその前に座った。お小言上等と身構えたが、冬吾はため息をついて、湯呑みを口に運んだ。

そうしてあらためて寛太に目をくれてから、寝ている子供を起こさぬ程度の声で、

「……あの子供は、死んだ姉を成仏させたいと言っているそうだが」

あらましは店に戻る途中でナツから聞いているようだ。

「あの子から金を取るわけにはいかんだろう。金を払わん者は客ではない。こっちも商売なのでな」

「あ、そのことでしたら親分さんが」

実は帰り際、源次がるいに耳打ちしたことだ。――こいつがあやかしと係わって何か困ったことになっているのなら、金は俺が出すから助けてやってくれ。

るいがそのことを伝えると、冬吾は眼鏡《めがね》の玉の奥で眉を寄せた。

「源次が？」

自分もあやかし絡みでいろいろと苦労したおぼえのある源次だから、寛太のような子供が同じ目にあっては不憫《ふびん》だと思ったのだろう。寛太の右手のことも気にかかったのかもしれない。顔は鬼瓦でも、情けのある親分なのだ。

「だから、寛太はお客です」

しのごの言ってないで、話を聞いてやるくらい別段かまやしないだろと、階段の半ばに陣取っていた三毛猫も加勢する。

「まったく、どいつもこいつも」

冬吾はげんなりと、息を吐いた。

「では、どこにいるんだ、その姉とやらは？」

え、とるいは目を瞬かせた。

「やっぱり、冬吾様にも見えませんか？」

「見えんな」

しかしこれは……と何やら口の中で呟いて、冬吾は眼鏡を取り去った。実は近目でも遠目でもない。普段眼鏡をかけているのは、そうしないことには視界が歪《ゆが》むくらいあやかしが見えすぎて困るからだと本人は言う。

(何度見ても男前だわね)

目鬘《めかずら》のような大きな眼鏡の下には、思いがけず端正な顔がある。ついついるいは見惚れてしまうのだが、冬吾のほうはおのれの顔の造作になどまったく頓着《とんちゃく》していない。

なんだと睨まれて、るいは慌てて視線を逸《そ》らせた。

「さっき、少しだけお姉さんと話をしたんです。いるのなら、どうして見えないんだろうと思って」

「ふん」

冬吾はしばし寛太を眺めてのち、なるほどなと一人でうなずいた。

「何かわかったんですか？」

「おまえが、相変わらず相手を目でしか見ていないことがな」

またそれかとるいが肩を落とした時、寛太が寝返りを打って目をさました。

あれ、というようにぽやんとあたりを見回してから、冬吾を見て子供は驚いたように身体《からだ》を起こした。

「ああ、この人は冬吾様。この店の主《あるじ》よ」

るいが声をかけてやると、寛太は板の間でもぞもぞと膝を揃えてお辞儀をした。

「おいら、寛太っていいます」

その先は声がつっかえたみたいになって、首を竦《すく》めている。縁日で野次馬に啖呵を切った時に比べて、ずいぶんと神妙な様子だ。

「冬吾様。子供相手に顔が怖いです」

「どうしろと」

眼鏡を掛けなおして、冬吾は不機嫌に言った。

「お客ですからね」

念を押されて冬吾はため息をつくと、寛太を「こちらへ」と手招きした。言われたとおりに寛太が、おっかなびっくり正面に座ると、

「よろず不思議、承り候」

しかつめらしく、言い放った。

九十九字屋ではこの世の『不思議』を売り買いしている。商うものは、たとえばあやかしや死者の霊が引き起こす事件であったり、持ち主に障《さわ》りをもたらすといういわくつきの品々や、年を経て化け物となってしまった器物であったり。他にもいろいろとあるが、店の商品として主にそういったモノを取り扱っていると聞いて、へええと寛太は目を丸くした。

「さて。おまえさんは、自分の姉を成仏させたいということらしいが」

客というからには、相手が子供であってもそれなりに接することにしたらしく——つまりはいつもどおりの無愛想な顔と口調で、冬吾は言った。

寛太は、こくりとうなずく。

「理由は何だ」

姉ちゃんがと、相変わらず喉につっかえたような子供の声だ。

「……姉ちゃんがそうしたいって言うんだ。そろそろちゃんと成仏したいって。でもおいら、どうしたらいいかわからなくて、そうしたら姉ちゃんが縁日で会った女の人たちに聞いてみればいいよって言うから……」

冬吾は顎に手をやると、座っている子供を上から下までとっくりと眺めてから、

「その右手は、医者にみせたことはあるか」

唐突に訊かれて、寛太は拳になった右手を左手で摑んだ。まるでとっさに守るみたいに、そのまま自分の胸元に押しつけた。

「ないよ。お医者って、金がかかるんだろ？」

死んだ両親はともかく、彼を引き取った親戚連中には、よけいな食い扶持《ぶち》をわざわざ医者に連れていくほどの持ち合わせも、つもりもあろうはずはない。

「それにおいら、病気じゃねえもん」

そうだなと、冬吾は平然とうなずいた。

「おまえさんの右手が開かないのは、そこに姉さんとやらがいるからだろう。おまえさんが、死んだ人間の魂をその手の中に握り込んでしまっているせいだ」

えっ、とるいは思わず寛太を見た。いや、その右手を。

寛太はぽかんとしてから、目を剝《む》いた。

「ど、どうしてわかったんだよ!」

それがこっちの商売なんでなと、冬吾は軽く鼻を鳴らした。

「右手から、おまえさんのとは別の気配を感じる。――別の魂の色が見える、とでも言えばよいか」

「ええぇ?」

と、またも頓狂な声をあげてしまい、うるさいとばかりに店主に睨まれて、るいは首を竦めた。

(お姉さんは手の中にいる……って、どういうこと? 幽霊がそんな、握っているって、豆粒じゃあるまいし?)

仰天しながらも、なるほどと思うところはあった。

「冬吾様。……そうするとあたしに姿が見えないのは、寛太の手の中にお姉さんが隠れちまってるからですか?」

「そういうことだろう。だからいつも言っている。おまえは目に見えるものしか、見えていないと」

るいには生きた人間と同じくらい、死者の姿もはっきりと見ることができる。そのぶん、相手が姿を潜ませれば見失うというのは、これまた生きた人間の時と同じ——たとえば背後に立たれれば、もう気づかないようなものだと冬吾は言う。

なるほどと素直に納得してから、るいは大きく首を捻《ひね》った。

出ていきたくてもそうできないと、寛太の姉は言った。つまり、手の中に囚《とら》われているということではないか。片や冬吾の言では、姉の魂がそこにいるから寛太の手が開かないとのこと。

(お姉さんを成仏させるには寛太が手を開かなきゃならないわけで、でもお姉さんがそこにいるから寛太の手は拳のままになってるってことよね……？)

ではどうすればいいのだろう。考えたらぐるぐるしてきて、頭を抱えてしまう。そもそも死者の魂を、素手で摑んで握ることなんてできるのかしら。なんて奇天烈《きてれつ》な話なのと、るいは思った。

「……姉ちゃんを成仏させることはできる？」

寛太は上目遣いに冬吾を見て訊ねた。

「まあ、できないことはない」

あっさりと冬吾は応じた。

「本当かい⁉」

(え、できるの？)と、頭から手を離して、るいも冬吾を見た。

「ただし、おまえさんにもやってもらうことはある」

「おいら、何をすればいいんだい？」

「姉さんの名前は？」

訊かれて、ううんと寛太は困った顔をした。

「知らねんだ。姉ちゃんは姉ちゃんだもの。おいら、ずっと姉ちゃんとしか呼んでなかったよ」

こういうことには本人の名前があるに越したことはないのだがと、冬吾が呟《つぶや》いたとたん、

——お徳《とく》。あたしの名前は、お徳というんですよ。

かすかな声を聞いて、るいはハッとした。

姉ちゃん、と寛太は自分の右手に目をやった。

「やっと出てきたな」

声だけとはいえ。

冬吾は膝を進めると、子供に向かって手を差し出した。寛太はきょとんとしたが、冬吾が顎をしゃくったのを見て、おずおずと自分の右手をそれに預けた。

――あいすいませんねえ。今まで黙《だん》まりで。でもね、いくらあたしの声が聞こえる相手でも、いえ聞こえる相手だからこそ、本当に信じていいかどうかを見極めるまでは、隠れていなきゃならなかったんですよ。

――そちらの娘さんと違って、ご店主は一筋縄ではいかないようでしたから。

「用心深いことだ。では、信じる気になったということか」

――あい、よろしくお願いします。

一瞬、何かが心に引っかかった気がして、るいはあれと思った。でも何だろう。わからない。

冬吾は子供の拳になった小さな手を、おのれの掌《てのひら》にのせている。傍《はた》で見れば医者が患者の脈でも診ているような格好だが、話しかけるのも応じるのもその右手という、なかなか不思議な図である。寛太のほうは、本人が添え物みたいになって、目を白黒させていた。

「この子供から離れて成仏するということで、かまわないのだな？」

――ええ、この世にはもうすっかり踏ん切りをつけました。

「わかった」

冬吾はうなずいた。少し待てと言って立ち上がり、二階へあがる。しばらくして下りてきた時には、手にるいには読めぬ文字を書きつけた紙を持っていた。

精霊棚に置いてある鉢から、赤い鬼灯の袋を一つもぎ取ると、冬吾はふたたび寛太の前に座った。紙を細長く折りたたみ、幾度か縒《よ》って子供の右手首に巻きつける。なんだよ何すんだよと寛太は心細そうに言ったが、「動くな。声を出すな」と冬吾に厳しく言われて身を硬くした。

口の中で低く、何事か唱えることしばし。冬吾は子供の右手の甲に、指先で印のようなものをなぞってから、脇に置いてあった鬼灯を摘《つま》みあげた。そうして、摑んだままの寛太の右手の上にその鬼灯をかざすと、まるで鈴でも振るように揺らした。

次の瞬間。あっ……と、るいは目を瞠った。

固く握り込んだ寛太の手、その指の間でキラリと光ったものがある。息を詰めて見守るうち、それこそ豆粒ほどの青白い光がぽつりとひとつ、まるで蛍《ほたる》が舞うように寛太の手から抜けでて飛び上がった。

寸の間それは、行き場がわからずふわふわと空中を漂っていたが、

「こちらだ」

冬吾が鬼灯を揺らしてみせると、赤い袋の先端からするっと中にすべり込んだ。

とたん、ほうっとそこに光が灯《とも》る。

赤い提灯《ちょうちん》みたいだと、るいは思わず息を吐いて見惚《みと》れた。

「今のが、おまえさんの姉の魂だ」

「姉ちゃんの？」

やはりぽかんと鬼灯を見つめていた寛太は、冬吾の言葉に目を瞬《しばたた》かせた。

「じゃあ、姉ちゃんはこれで成仏したの？」

まだだと、冬吾は素っ気なく言う。摑んでいた子供の手を放した。

「精霊棚に鬼灯を飾るのは、あの世から戻った霊魂がこの赤い袋の部分に宿るからだ。いわば、この時期に霊が逗留《とうりゅう》する旅籠《はたご》のようなものだな」

へえそうだったのかと、るいは感心した。そういえば幼い頃、精霊棚の鬼灯に触ろう

として、おっ母さんに叱られたことがあったっけ。

(ご先祖様が泊まる場所なんだから、そりゃ叱るよね)

送り火でご先祖様を送り出したあとは、長屋の他の住人たちと一緒に、いらなくなった鬼灯を川に流しに行ったものだ。

「人の肉体も、考えようによっては霊魂を入れる器ということだ。それゆえ、死んで器を失った魂は、洞《ほら》に寄りつきやすい」

相手が子供なので、易しい言葉を選んでわかりやすく説明する――などということは一切しない冬吾である。

「洞?」

果たして、寛太は首をかしげた。

冬吾は指先で淡く光を放っている鬼灯を一瞥《いちべつ》すると、

「こんなふうに内側に隙間や空っぽの部分を持つもの、とでも言えばいいか」

寛太はまた一生懸命考えてから、

「だから姉ちゃんはその中に入ったのかい?」

「そうだ。つまりはまだ成仏したわけではない。お徳の魂は、今いっときこの中に留《とど》まっているだけだ」

それにしたって拍子抜けするほど、なんともあっさりとお徳の魂は寛太から離れた。

（そりゃ、冬吾様だからできたことなんでしょうけど）

これならあたしがぐるぐると悩む必要なんてなかったわと思ってから、るいははたと大切なことを思いだした。

「寛太、右手は？　指は動く？　もう手は開くよね？」

寛太は口を結んで右手をじっと見ている。その口もとが歪んだ。

開かない。——そう、言った。

「おいらの手、動かないよ。全然、前と変わらない」

「え……」

そんな、とるいは身を乗りだす。祈るような気持ちで見つめても、子供の右手は硬く閉じたままだ。

「姉ちゃんがいなくなったって、動かないよう」

ふいに涙声になって、寛太は表情まで歪めた。

やはりなと、冬吾が呟いた。

「冬吾様？」

「おまえさんのその手が開かないのは、おまえさんがまだお徳の魂の尻尾《しっぽ》を摑んだままで、放そうとしないだからだ。——おまえさんは、本心ではお徳が成仏することを望んじゃいない。本当はお徳がいなくならなければいいと思っている。違うか？」

執着だ、と言う。

「おまえさんの指を開かせないものは、お徳と一緒にいたい、お徳を放すまいと必死で握り込んでいる、おまえさん自身の心だ。これまでも、今も」

それを聞いたるいの脳裏にふと、大好きなおっ母さんのそばを離れまいと幼子がその袖をしっかり摑んだままでいる光景が浮かんだ。

そんなこと、と寛太は唸った。涙をためた目で、冬吾を睨んだ。

「おいらそんな、子供が駄々をこねるような真似はしねえよ。……姉ちゃんがもう成仏したいって言うから、おいら、いいよって答えたんだ。姉ちゃんがそうしたいって、言ったから……いつまでもあの世にいかずにいるわけにはいかないって、そう言うから

……だから、おいら……」

たまっていた涙が、ぽろりと零《こぼ》れ落ちた。とたんに堰《せき》が切れたみたいに、あとからあ

とから、寛太の目から涙があふれた。

「おいら……」

両手の甲で何度も涙を拭って、けれども涙を止めることができず、ついに子供は大声で泣きだした。

「……本当は、姉ちゃんがいなくなるのは嫌だよぅ。おいら、一人ぼっちになったら、どうしていいかわかんねえ。姉ちゃんと一緒にいたい、これからもずっと一緒にいたいよぅ……」

見ていて、るいも泣きたくなった。

つっぱらかっていても、この子はまだ十二の子供なのだ。二親はなく、幼い身で世間の冷たい風にさらされて、けれども姿は見えなくともそばにはずっとお姉さんがいた。きっと励ましあって、支えあってきたに違いない。だからこそ寛太は、たまに空腹でかっぱらいくらいはするけれど、性根がねじ曲がったりせずにここまで生きてくることができたのだろう。

そのお姉さんと生き別れ、いや死に別れ、いやいやともかく突然別れることになったのだから、そりゃ寂しくて悲しくて、不安で心細くて当たり前だ。

(あたしだって、おっ母さんが死んだ時にはさんざん泣いたもの)

お父っつぁんの時は泣き損だったけど。

「このままでは、お徳はいつまで経《た》っても成仏はできん。おまえさんがその手を開いて、お徳の魂を手放してやらないのでは、ずっとこうしてこの世に居つづけることになる。――おまえさんにやってもらいたいことがあると言ったのは、そういうことだ。これ以上は、私にはどうすることもできない」

冬吾がきっぱりと言うと、寛太の泣き声はいっそう高くなった。

「あのぅ、冬吾様……」

もうちょっと優しく言ってあげても、とるいが言いかけた時、階段から呆れたような声がした。

「あんたはねえ、言い方ってものがあるだろう。子供をそんなに泣かせてさ。可哀想じゃないか」

見れば人の姿になったナツが、階段に腰を下ろして、やれやれと首を振っている。

「言い方がどうあろうと、本当のことだ。はっきりと言ってやったほうが本人のためだと思うが」

そういうのを大人げねえって言うんだぜと、今度は壁のどこかからぶつくさと野太い声が聞こえた。

奉公人と化け猫とぬりかべからいっせいに非難されて、冬吾はむっと押し黙った。

その手元では、お徳の魂を灯す鬼灯が、暗くなったり明るくなったりを静かに繰り返しているばかりであった。

三

しばらくして源次が顔を出し、寛太を連れて帰った。

店を出る前に冬吾と何か話し込んでいたのは、子供の泣き腫らした顔が気にかかったからだろう。結局、冬吾がどこまで話したのかはわからないが。

「さて。おまえさんは、どうする気だ？」

冬吾が声をかけたのは、精霊棚にぽつんと置かれた、くだんの鬼灯である。

とたん、まるで息づいたかのごとくに鬼灯はぱっと強い光を放ち、るいがあれと思う間に一人の女が座敷に姿をあらわした。

お徳の幽霊だ。

「ようやくこの姿で、お目にかかることができましたよ」

ご店主があたしを外に出してくださったおかげで、と言う。

年の頃は二十代の後半だろうか。なりも仕草も艶っぽく、一目で堅気ではないと知れる世間ずれしたしたたかさを感じさせる女だ。

「やっぱりご店主は一筋縄ではいかない。どうしてあの子が、寛太があたしの成仏を望んでいないことに気づいたんです？」

「どうもこうもない。おまえさんが離れたのに右手が開かないとなれば、それより他に理由はないだろう」

あらためて座敷に腰を据えると、冬吾は素っ気なく応じた。束の間どうしようかしらと迷ってから、るいも上がり口に腰かける。三毛猫が寄ってきて、彼女の隣に座った。

「端《はな》からわかってらしたようでしたけど」

お徳が笑い含みに言うと、冬吾はふんと鼻を鳴らした。

「まあ、想像はついた。昨日のうちに深川に来ていたのに、どういうわけかまっすぐここへ来なかったと聞いてな」

「ええ、そうですよ。どうにか説得して、一度はうなずいてくれたのに、大川を渡ったとたんにあっちへ行ったりこっちをのぞいたり。どうにも足がこちら様へ向かない。あの子は口には出さなかったけど、ぐずぐずと迷っていたんでしょう」

ああ、それで……と、るいは胸の中でうなずいた。ぐずぐずと界隈をうろついているうちにかっぱらいの場を源次の手下におさえられ、にっちもさっちもいかなくなってようやく、寛太は腹を括《くく》ったということなのだろう。

「お徳」

冬吾は考え込むように自分の顎を撫《な》でていたが、ふいに小さく息をついた。

「寛太の姉だというのは、嘘だな」

おやと、お徳は微笑んだ。

「それもばれちまってましたかね。お察しのとおり、あたしはあの子の姉なんかじゃありません。もともと寛太とは、縁もゆかりもない女でございますよ」

「え……」

るいはぽかんとした。

（寛太のお姉さんじゃない……？）

やっぱりねぇと、るいの横で三毛猫がため息をつくように小さく鳴いた。

「ナツさん、わかってたんですか？」

るいが囁くと、ナツは金色の目を細めた。

「あんたはおかしいと思わなかったのかい」

「ええと」

逆に訊き返されて、そういえばとるいは思う。

さっきお徳が冬吾と言葉を交わした時、何かが心に引っかかった。その時はどうしてかわからなかったけど。

――そちらの娘さんと違って、ご店主は一筋縄ではいかないようでしたから。

そうだ。お徳はるいのことを、娘さんと呼んだ。それはつまり、お徳のほうが年上だから。

今こうして姿を見せたお徳は、確かにるいよりもずっと年嵩《としかさ》だ。

だけど娘さんという言葉に、その時るいは違和感をおぼえたのだ。だって、姉ちゃんは生まれてすぐに死んだと寛太は言っていたから。赤子の霊がそのまま育って成人するなんてこと、あるかしら。絶対にないとは言い切れないかもしれないけど、それにしたって――。

（お姉さんじゃないって考えたほうが、よっぽど辻褄《つじつま》があうじゃないの）

冬吾が看破したのも、そのあたりのことらしい。ご店主は本当に何でもお見通しのようでとお徳が言ったのに対し、またも鼻を鳴らした。

「生まれてすぐに死んだにしては、ずいぶんと世間慣れしているように思えたのでな。しかし、何よりの決め手は」

ちらと、お徳の白くほっそりとした手に目をやった。

「おまえさんが、うちの奉公人の懐から財布を掏ろうとしたことだ」

「それが」

「亡者が掏摸を稼業としていたとは思えん」

あははと笑って、お徳は悪びれた様子もない。むしろ見せびらかすように、両手を前に突きだして指を広げて見せた。

ああ、あの時の手だとるいは思った。縁日で寛太に出会った時、その拳になった右手に重なっていた、女の手だ。

「これでも四谷あたりじゃ、ちっとは名が知れていたんですよ。地元の岡っ引きに目をつけられて、あんまりしつこいんで懐の中のものを掏り盗ってやったこともありましたっけ。奴《やっこ》さん、虚仮《こけ》にされたってんで怒り狂っていましたから、今でもあたしの名前くらいは覚えているでしょうよ」

それなのに、と少し残念そうな顔をする。

「まさか素人さんに捕まるとはねぇ。そう、あの日の浅草寺でのことですよ。あたしもやきが回ったか、それとも、死ぬと勘も鈍るのかしらん」

「なに、見事な腕前だったよ」

三毛猫が、前肢《まえあし》を出して伸びをしてから、言った。

お徳は猫を見て一寸目を瞠ったが、すぐに腑に落ちたようにニヤリとした。

「おやまあ、どうやら盗る相手を間違えちまったようだ。あやかしじゃあ、かないっこない」

「相手が悪かったね」

「いいや。あんたたちでよかったよ」

お徳は真顔になって、そう言った。

「寛太を番屋にも突きださず、団子を腹一杯食わせてくれた。人にはちゃんと情けってものがあることを、あの子に教えてやってくれた。寛太がそのことをこの先も忘れずにいれば、まっとうな道を踏み外したりはしないはずさ」

あたしじゃ駄目だ――そう漏らした声は、どこか寂しげだ。

「あたしは寛太を、お天道様の下を歩けない人間にしちまうところだった」

「――だから、成仏を言いだしたわけか。寛太から離れるために」

お徳はふたたび冬吾のほうに首を巡らせると、そうだとも違うとも言わず、自分にほとほと嫌気がさしたからですよと返した。

「いまだにわからんのは、おまえさんがどうして寛太と一緒にいることになったか、だが」

「身内でもなし、知り合いでもなし、住んでいた場所が近かったわけでもなし。なのにどんな縁で、あたしがあの子の右手に入り込むことになったのか」

節をつけて口ずさむように、お徳は言う。

「それをお話しするには、恥を忍んであたしがどんな人間かってところから打ち明けなきゃなりません。お耳汚しにしかなりませんが、そこは勘弁してやってくださいな」

私はねえ、とその口ぶりは、やはり唄っているかのようだ。

「見てのとおり、ろくなもんじゃありません。クズみたいな生き方をして、クズみたいな死に方をしました。——まあ、お粗末な身の上話でございます」

お徳の身の上は、さわりを述べればこのようなものだった。

産みの親に捨てられ、ごみ溜めのようなところで世間の芥《あくた》にまみれて育った。育ての親と呼べる者もいるにはいたが、これがどうしようもない破落戸《ごろつき》で、お徳と同様に拾ってきた子供らに悪事を仕込んでは稼がせていたという。掏摸のやり方をお徳に教えたのも、その男だ。稼ぎがない日は飯をもらえなかったので、子供ながらに必死だったと、お徳は言った。

やがてその男が大酒が原因で頓死すると、お徳は今の寛太とさほどかわらぬ年頃で、世知辛い世の中に一人で放りだされることになった。じきに悪い仲間とつるむようになり、他の娘たちがそろそろ嫁入りという年頃には、人殺し以外なら盗みもたかりも男を誑《たぶら》かして金を巻き上げることも平気でやってのけるという、いっぱしの阿婆擦《あばず》れに仕立てあがっていた。ことさら、教え込まれた掏摸の技は、お徳の生きるよすがとしておおいに役立つことになった。

何が悪いと、お徳は思っていた。世の中があたしに何も与えてくれないのだから、自分でくすね取るしかないじゃないか。だから、痛む良心の持ち合わせもなかった。

男から男へ渡り歩き、いっとき大店《おおだな》の主人の囲われ者になったこともあったが、結局巾着切りの稼業におさまったのは、

「それがあたしの性に合っていたんでしょう。教わっていた時は嫌でたまりませんでしたが、あとになればあんなロクデナシの養い親にも感謝したものです」

ころころと笑って、お徳は自分の人生を締めくくった。

「最後に情夫になった男に縊《くび》り殺されましてね。まあ、よくある痴情の縺《もつ》れというやつですよ。死体はそのまま、川にどぼん。供養もしてもらえなかったから、こうして迷う羽目になっちまったと、そういうわけでしてねぇ」

いったん言葉を切ると、お徳は些《いささ》か芝居がかった仕草で、座敷を見回した。ほらね、ろくなもんじゃありませんでしたでしょう、と。

「さて、そのあとのことです。ええ、やっとこの先が本題で」

命を失ってからどれほどの間か、ずうっとただぼんやりとしていたように思うとお徳は言った。

ふと気がつくと、水辺にいて蛍を見ていた。群れ飛ぶ蛍の光の中にいて、お徳もまた一粒の光になって漂っていた。

すると——どういうわけか、これまで感じたこともないような悲しさが、寂しさが、心細さが寄せる波のようにお徳を襲った。

こんなにもたくさんの綺麗な光に包まれながら、あたしは独りだ。独りぼっちだ。つまらない、みっともない、悪事に染まったあたしの人生には何も残らなかった。誰もいなかった。

夜ごと、蛍に混じって水辺を漂いながら、お徳は泣いた。叫んだ。

「ああいうのを、目が醒《さ》めると言うんでしょうかね。……もう、遅すぎましたけれども」

話しながら、お徳は目を細める。どこか遠くの、蛍が舞い飛ぶ水辺の光景を眺めているかのように。

泣いても叫んでも、今さらだ。お徳の声なき声に応じる者など、いようはずもない。

だが——。

「泣き声が聞こえたんです。赤ん坊の泣く声でした。思わずそちらに引き寄せられましてね。そうしたら」

水辺に、幼子を抱いた母親がいた。おそらく、どこか近くの長屋にでも暮らす母子だろう。夜泣きする子をあやすために出てきたのか、母親は子守唄を唄っている。乱舞する蛍に目を奪われたか、赤ん坊は泣き止《や》むと、飛び交う光を目で追いはじめた。

お徳は吸い寄せられるように赤ん坊に近づいて、その顔をのぞき込んだ。まだ涙に濡れて洗ったようになった幼子の目に、光の粒となったおのれが映っている。すると、赤ん坊が笑った。母親の腕から身を乗り出すようにして、目の前の光に向かって手を伸ばした。

「一体に赤ん坊というのは、あの小さな手で何でも摑み取ろうとしますでしょう。その子はあたしのことをぎゅっと摑んで、そのまま握り込んじまったんです」

「なるほど、その赤ん坊が？」

冬吾が確かめ、お徳はうなずいた。

「寛太です」

ではその時から、赤ん坊の——寛太の手は開かなくなったのだ。

「あの子の手の中であたしが真っ先に思ったのは、ああ温かいってことでした。亡者が温かいも冷たいもありゃしませんが、でも本当にあの子の手に触れて、あたしは温かいと思ったんですよ」

同時にそれまで感じていた悲しさも寂しさも、嘘のように消えていたと、お徳は言った。

「ねえ、ご店主。さきほど寛太に、執着と仰《おつしや》いましたでしょう。それを言うなら、先に執着したのは、あたしのほうなんです。ひょっとするとあの時、寛太がわけもわからずあたしを摑み取ったその時なら、そのまま逃げてしまえばすんだことだったのかもしれない。でも、あたしはそうしなかった」

寛太の手から離れて、また独りで彷徨《さまよ》うのは耐えられなかった。いつ終わるか知れぬ、あの身を切るような寂寥感《せきりようかん》に苛《さいな》まれるのが怖かった。

一度知ってしまった温《ぬく》もりと安堵感を失うことが、怖かった。

「そんな手前勝手な思いだけで、あたしはあの子の右手にそのまま居座ったんです。そのせいで寛太がどうなるかなんて、これっぽちも考えてやしなかった。——ですから、先に執着したのはあたしのほう、あの子はあたしのことなんて何も知りゃしなかった。寛太の手をあんなふうに固めちまったのも、きっかけはあたしです」

右手が使えないということが寛太にとってどれほどの負い目となるか、お徳が気づいた時には、自分の意志でその手から抜けだすことはできなくなっていた。

「あたしが初めて寛太に話しかけたのは、あの子が両親を亡くして親戚に引き取られていた時のことですよ」

親戚たちはどの家も余裕がなく、家族を養うのが精一杯という有様で、当たり前だが働き手にもならない幼い子供など厄介者《やっかいもの》でしかなかった。邪険にされて泣く寛太を見かねて、お徳は思わず声をかけたのだ。

――泣くんじゃないよ。あんたには、あたしがついているから。

「言ってから、自分で笑いましたよ。そりゃそうだ、勝手に取り憑いているんだもの。何を言っているんだか……ってね」

寛太は驚いて泣き止むと、あたりを見回した。ここだよと言ってやると、ようやく気づいて自分の右手を見た。

「誰と訊かれて、とっさにあんたの姉さんだと言っちまいました。歳からいえばおっ母さんでもよかったろうけど、子供を産んだこともないのに柄じゃない。それにあたしみたいなのをおっ母さんだと思い込んだりしたら、あの子の本物のおっ母さんに申し訳ないですからね」

あたしは子守唄なんてひとつも知らないような女ですからと、お徳は小さくつけ加えた。

頑是無《がんぜな》い幼子であったからだろう。寛太はお徳の言葉を素直に信じて、「姉ちゃん、姉ちゃん」と喜んだ。

「あんまり喜ぶんで、引っ込みがつかなくなっちまいましてねぇ」

そうしてお徳は寛太の『姉ちゃん』になった。

厄介者を持て余した親戚たちは、ついに寛太を里子に出すことにした。里親は商家で、子供のない主人夫婦だった。小さな店だがゆくゆくはそれを継がせるという願ってもない話であったが、そこでも寛太の境遇は恵まれたものにはならなかった。

「あたしが言えた義理じゃございませんが、子供の扱いを知らないというか、なんだって子供を引き取ろうなんて了見をおこしたのかわからないような夫婦でしたよ。特に女房のほうはひどい癇癪《かんしやく》持ちで、ちょっとでも寛太が言いつけを守らないと、容赦なく手をあげるような女で」

怒りの滲《にじ》んだ口調になって、お徳は顔をしかめた。思いだしても腹が立つらしかった。

その折檻《せっかん》もだんだん度を越すようになって、ある日些細《ささい》なことで女房が真っ赤に焼けた火箸を摑んで寛太に押し当てようとした時、お徳の中で何かがぶつりと音をたてて切れた。

「堪忍袋《かんにんぶくろ》ってのは、本当にあるもんなんですね。ええ、その緒がぶっつりと」

身を竦めていた子供の右手が動いて、女房から火箸をひったくった。指が使えぬはずの手で火箸を握りしめ、逆に相手を打ち据えた。修羅場を踏んできたお徳にとっては、雑作《ぞうさ》もないことだった。

――行こう。この家を出るんだよ。

お徳は、寛太に言った。

――こんな奴らのところにいるより、逃げちまったほうがよっぽどマシさ。あんたくらいの子供だって、その気になればなんとか生きていけるもんだ。大丈夫、姉ちゃんがついているからね。

「その時あの子は十になるかならないか。なに、あたしだってその歳の頃には世間がどんなものかは身に沁《し》みて知っていましたから。どんなことがあっても、寛太を守ってやるつもりでした」

そこまで言って、笑っちまいますよねと、お徳は口もとを歪めた。

「このあたしが。生きている間は好き放題に悪事をやらかして、まんまと他人の金を盗むか巻き上げることしか考えていなかった、あたしがです。誰かを可哀想に思うなんて。助けてやりたい、守ってやりたいと思うだなんてねえ」

しばし言葉を途切れさせたあとに、お徳は平坦な声で言った。

「あたしは、寛太にまっとうな生き方をさせてやりたいんです。あたしみたいに人の道を外れちまっちゃ、おしまいですからね」

それは本当のことだろう。聞いていて、るいはなんだかしみじみとしてしまった。

寛太はちゃんと「ごちそうさま」を言うし、話す時にはきちんと座って相手に真っ直ぐ顔を向けて話をする。あの子の目には世をすねたり誰かを恨んだりといった、暗い色がない。お徳が、生きていくために寛太に教えたのは、自分のしてきた悪事ではなく、ささいなことだが人として守らなければならない大切な事柄であったに違いない。

と、それまで黙っていた冬吾が、口を開いた。

「まっとうと言うのなら、食い物をかっぱらうのも巾着切りの片棒を担ぐのも、まっとうな人間のやることではあるまい」

お徳は薄く笑った。

「かっぱらいについちゃ、大目に見てやってもらえませんかねえ。他人様のものに手をだすのは悪いことだと、言い聞かせはしたんですよ。……でもね、腹が減って目が回りそうになっている子供が、目の前にある食べ物につい手を伸ばしてしまったのを、咎《とが》め立てすることは、どうしたってできなくて。ひもじいことがどれほど辛いか、あたしにも身におぼえがございますから」

巾着切りのほうは――と言いかけて、お徳は目を伏せた。

「魔が差したのでございますよ」

あの縁日の日、参詣すれば四万六千日分の功徳が得られるというあの日も、寛太は腹を空かせていた。

浅草寺には人出を当てこんだ屋台が数多く出ていたが、寛太に仕事をくれる者はいなかった。境内を行き交う人々を、寛太とともにぼんやりと眺めているうちに、お徳はふと自分の内に声を聞いた。

――何が悪い。世の中があたしに何も与えてくれないのだから、自分でくすね取るしかないじゃないか。

重ねて声はもうひとつ。

――なにが大丈夫だ。なにが、姉ちゃんがついているだ。寛太を守ると言ったくせに、この子が腹を空かせていたって、あたしは何もできやしないじゃないか。

昔の自分と今の自分。二つの声を聞いて、それでお徳は心を決めた。

何もできないわけじゃない。あたしには巾着切りの腕がある。このままなら、どうせ遅かれ早かれ、寛太はあたしと同じ悪事の道に踏み込むしかなくなる。こうしてこの子が空きっ腹を抱えていなけりゃならないくらいなら、いっそ――。

「いっそ、あの女房を火箸で打ち据えた時みたいに、寛太の身体を借りてあたしが巾着切りをやればいい。そうやって稼いだ金で、あの子を一生でも食わせてやる」

そう言って、お徳は伏せていた顔をあげた。

「呆れた話でございましょう。なんとまあ情けない。けしてあたしのような人間にはさせまいと思っていたのに、あたしは、自分であの子に人の道を踏み外させようとしたんですよ」

「その時に、寛太は何と答えたんだ?」

冬吾は静かな声で訊ねた。

「わかったと言いました。姉ちゃんがそう言うなら、おいらはやる……って」

言葉を失っていたるいの耳に、あんたたちでよかったという先のお徳の言葉がよみがえった。

「よかった……あたしの財布で……」

気がつくとそう、呟いていた。

寛太が狙ったのが、偶々《たまたま》あたしの財布で本当によかった。それで寛太が道を踏み外したりせずにすんだのなら、蕎麦代をはたいた甲斐があったというものだ。

お徳はるいに目を向けると、ふと眩《まぶ》しいように目を細めた。

「そりゃあ確かに、あんたは魔が差したんだ」

ナツが前肢でくるんと顔を撫でて、言った。

「それだけのことさ。十六日の送り火に間に合わせたければ、ぐずぐずと悔やみ事を言っている暇はないよ。あの子供にまっとうな生き方をさせるためにどうするか、あんたはもう決めてるんだろ」

お徳は、三毛猫を見た。

そうして微笑むと、冬吾に目を戻した。ご店主、と呼びかける。

「もう一回、寛太のもとへ戻りたいんですが、かまいませんか」

「また右手に取り憑くというのなら断るぞ。出したり入れたり、面倒だ」

冬吾は言葉どおり、心底面倒くさそうに顔をしかめた。

「違いますよ。……ただもう一度、あの子と会って話がしたいってだけです。今度こそ寛太が納得すれば、あの子の右手は開くでしょうから」

「納得すればな」

あちらの執着はおまえさん以上だぞと、冬吾は言う。

お徳が語った話によれば、最初に執着を見せたのは彼女のほうだ。やがてそれに、『姉ちゃん』と一緒にいたいという寛太の想いが重なった。互いの執着にがっちりと縛られて、寛太の右手はますます固く閉じてしまったのだ。お徳の魂が抜け出ても、縁を切るまいとその手は握られたまま、まだ開かない。

「ですからね。寛太に一切合切、本当のことを話すことにしたんです」

るいは、えっと驚いた。

「いいんですか？　だって……」

「あたしが誰でどんな人間だったか、赤の他人なのに『姉ちゃん』だと嘘をついていたことを知れば、あの子も愛想を尽かして、諦めてくれるでしょうよ」

いっそさばさばとお徳は言う。

あの世まで持っていくつもりの嘘だったけど、それはやっぱり都合がよすぎる。すべて打ち明けて、寛太に謝って、そうすれば――。

「あたしも心置きなくあの世へ行けるというものです」

どうかお願いしますと、お徳は深々と頭を下げた。

「承知した」

冬吾はうなずいて、立ち上がった。精霊棚に近づくと、お徳の仮宿である鬼灯を手に取った。

源次のところへ行ってくると言い置いて、冬吾は店を出ていった。淡い光を放つ鬼灯をひとつ、小さな木箱におさめて携えている。

表口でそれを見送ってから、るいは夕暮れの兆しを見せはじめた空を見上げた。まだ真夏の暑さを残す大気に、蟬《せみ》の声が鳴り響いている。でも少しだけ、日が短くなった。

なんとなくため息をついて店の中に戻ると、板の間に寝そべっていた三毛猫が首をあげてるいを見た。

「納得いかないって顔だね」

「はあ。お徳さんが本当はお姉さんじゃないってわかったら、寛太はどう思うかなって」

「ガッカリはするだろうね」

「うーん」

るいは土間の壁をじっと見てから、お父っつぁんと呼びかけた。

壁の表面がぞぞっと動いて、作蔵の顔が浮かび上がる。

「なんでぇ？」

「お父っつぁんみたいなお父っつぁんでも、もしお父っつぁんが本気で成仏したいって言いだしたら、あたしはやっぱり寂しいと思うの」

「お、おう。なんでぇ、藪《やぶ》から棒に」

「それでね、お父っつぁんが実は本物のお父っつぁんじゃなくて、あたしのお父っつぁんの振りをしていただけだって、もし言いだしたとしたら……」

駄目だ。想像の限界だ。だって目の前のお父っつぁんは、どうやったって本物のお父っつぁんだもの。

(でも、もしそうだったら、あたしは……)

「うーん」

わけがわからねえと、作蔵はぶつくさ言っている。

「偽者《にせもの》なら、もうちょっと上等なんじゃないかい。粗忽者《そこつもの》なとことか、口が悪いくせに口べたなところとかさ」

三毛猫はくっくっと喉を鳴らした。

「おうおう、聞き捨てならねえな。俺のどこが粗忽だってんだ」

「粗忽も粗忽、あんたなんて粗忽の口べたのひょうろく玉が、塗って固めて壁になっちまったようなもんだよ」

「おいこら、固めてから塗りやがれ」

作蔵、生前は左官職《さかんしょく》である。

「文句はそこかい」

ふふんと鼻を鳴らしてから、三毛猫は上がり口に腰を下ろしたるいの隣まできて座った。

「お徳はさ、自分がいたら寛太はこの先まっとうな生き方なぞできなくなるって思ってるのさ」

るいは膝の上に頰杖《ほおづえ》をついて、またため息をついた。

そうなのだろうと思う。お徳の言葉の端々《はしばし》から、それは伝わった。成仏したいと言うのだって、きっと嘘。本当は寛太と別れたくないはずだ。

(お徳さんたら、寛太に嘘ばっかりついて)

「でも多分、一番心配しているのは寛太の手のことだ」

るいは傍らの猫を見た。

「今のまんまじゃ、あの子は何も摑めやしない」

それは、物を摑むという意味ではないだろう。

開けばいいねと、三毛猫は呟いた。

「そうすれば、お徳も報われる」

四

寛太が源次親分に連れられて九十九字屋にやってきたのは、翌日の昼過ぎのことだった。

「こいつは昨夜は、うちで寝かせた」

手拭いで首筋の汗を拭いながら、源次はるいが出した麦湯を一息に飲み干した。

「俺は遠慮したほうがいいかい？」

それには「好きにしてくれ」という店主の返事だったので、源次は迷わず上がり口に腰かけた。

寛太は昨日と同じように冬吾の前に座ると、大事そうに抱えてきた木箱を手渡した。

「おいら、言われたとおりに寝る時にこの箱を枕の横に置いといた。そうしたら、姉ちゃんの夢を見たよ」

姉ちゃんは綺麗だった。

姉ちゃんは、優しかった。

息を詰めてお盆を抱きしめていたるいは、寛太の嬉しそうに弾んだ声に、目を瞬かせた。

「おいら、はじめは夢だなんて思わなかったんだ」

気がつくと、寛太はどことも知れぬ座敷にいたのだという。畳の匂いも新しい、静かで明るい座敷だった。あたりには薄紅色の光が満ちていて、壁も建具も天井も赤く染まっている。開け放した障子から外を見ると、空もやっぱり夕焼けみたいで、丸くて艶々《つやつや》としたお天道様が低いところにぽってりと浮かんでいた。

ここはどこだろうと首をかしげていたら、襖《ふすま》がからりと開いて、女の人が座敷にあらわれた。

「あ、姉ちゃんだって。おいら、すぐにわかった」

吃驚《びっくり》したけど嬉しくなって、寛太は女の人に駆け寄るとぎゅっと抱きついた。

「寛太」

ほらやっぱり、姉ちゃんだ。よく知ってる姉ちゃんの声だ。

姉ちゃんはほっそりした白い指で寛太の頭を撫でて、ほっぺたを撫でて、そうして両腕で寛太を抱きしめた。

そこでようやく、寛太は思った。そうか、これは夢だ。夢だから、姉ちゃんとこうして会うことができるんだ。

「それからおいら、姉ちゃんといっぱい話をしたんだ。おいらの小さい頃のこととか。姉ちゃんは、おいらが赤ん坊の時のことも話してくれた」

「どんな話だ？」

寛太の正面にいて、冬吾は静かな口ぶりで促した。

「おいらが母ちゃんに抱っこされて、蛍を見た話。おいらは蛍と間違えて、姉ちゃんを摑んじまったんだって」

場にいる誰かが、ふうっと息を吐いた。

「お徳は、他にも何か話したか？」

「姉ちゃんが本当は、おいらの姉ちゃんじゃないって話。それから昔、悪いことをいっぱいしたんだって言ってた。おいらにごめん、て。何度も」

そうか、と冬吾はうなずいた。

るいはお盆を抱いた腕に、いっそう力をこめた。ナツは今日も猫の姿で、いつもの階段の半ばに座って、まるで置物みたいに尻尾の先すら動かさない。作蔵もどこかで聞いているだろう。源次親分は話をどこまで知っているのか、上がり口に座って背中を向けたままだ。

「でもそんなの、おいらが見たただの夢だよ。夢なんて、本当のことじゃねえもん。姉ちゃんはおいらの姉ちゃんだ。姉ちゃんがおいらとは全然関係のない他人だなんて、そんなことあるもんか」

寛太は座ったままで、ぐんと胸を反らせた。

「だって、姉ちゃんはさ——」

いつもいろんなことを教えてくれた。何がやっていいことで、何がやってはいけないことなのかを教えてくれた。「ごちそうさま」も「ありがとう」と言うことも教えてくれた。よく叱られた。姉ちゃんが怒ると、とても怖かった。でも寛太が辛かったり悲しいことがあって泣いたら、優しく慰めて励ましてくれて、たまに子守唄を唄ってくれたりしたけどすごくへたで、唸ってるみたいだよって言ったらショボリして、そんなふうに姉ちゃんは、いつも、いつだって、

「おいらのことを守ってくれた。助けてくれた。あの人がおいらの姉ちゃんじゃないなんて、そんなことあるもんか」

きっぱりと言って、空を睨むようにした寛太の目から、ふいに涙がひとつ、落ちた。それを手で拭うかわりに、寛太は歯を食いしばった。

るいはふと、胸を突かれた。

昨日は姉ちゃんと一緒にいたいと声をあげて泣きじゃくっていた子供が、たった一日で、こんな大人の男みたいな泣き方をするようになった。

そうか、とるいは思った。そうなんだ。きっと、この子は——。

「あの人は、おいらの姉ちゃんだ。おいらの、たった一人の姉ちゃんだ！」

寛太が高らかに言った瞬間、まるで自分のその声に反応したように、膝に置いていた右手が、ひくっと震えた。

寛太は驚いて、右手を見た。次におそるおそるというように、自分の目の高さにそれを持ち上げた。

三毛猫は階段から身を乗りだし、源次は振り向いて目を丸くした。作蔵が壁から顔を出そうとしたのを、こんな時でもとっさにるいは壁を殴りつけて止めた。冬吾までもが、わずかに前のめりの体勢になる。

皆が固唾《かたず》を呑んで見守る中。

まるで花の蕾《つぼみ》が開くように、寛太の右手の拳のかたちが解けて、ひっついていた五本の指がゆっくりと開いた——。

「子供ってのは強いもんだね。大人が思っているより、よっぽどさ」

半刻ばかり後、寛太と源次を送り出したるいが表口から戻ると、人の姿になったナツが、板の間にしどけなく座った格好でそんなことを言った。

そうですねとうなずきながら、るいは先ほど見た寛太の姿を思いだす。

動くようになった右手を、寛太は何か珍しい生き物でも見るように、つくづくと眺めていた。それから手を閉じたり開いたり、指を順々に折ったり伸ばしたりをひとしきり繰り返した後、畳の上に置いてあった小箱の前に座り直して、両の手を合わせた。

右手が自由になって、寛太が最初にしたことは、お徳の魂に手を合わせることだったのだ。

「おや、冬吾はどうしたんだい」

るいと一緒に見送りに出たはずの冬吾が戻ってこないので、ナツはちょいと小首をかしげた。

「親分さんたちをその辺りまで送ってくるって言ってましたけど」

「お大尽《だいじん》のお見送りじゃあるまいし、あの物ぐさがそんな律儀《りちぎ》なもんかね。大方、親分に何か話でもあるんだろ」

ねえあんた、と次にナツが声をかけたのは、精霊棚に置かれたくだんの木箱である。

「あの子は、自分が本当は夢を見たわけじゃないってことを、ちゃんとわかっていたんだよ。……どうするのさ、あんな強がりの嘘をおぼえちまって。まるきり、あんたにそっくりじゃないか」

おいらが見たのはただの夢だ、姉ちゃんがおいらの本当の姉ちゃんじゃないなんて嘘だ——そう言い張りながら、寛太はきっと、その言葉の裏で本当に言いたかったことを心の中で叫んでいたのだろう。

ありがとう、と。

姉ちゃん、ありがとう。

——さよなら。

辛くても泣きながら歯を食いしばり、お徳との別離を受け入れたその時に。

寛太の右手は、開いたのだ。

（もしお父っつぁんが、本物のお父っつぁんじゃなくてお父っつぁんの振りをしている偽者だったら……）

もしそうだったらあたしは、とるいは思う。

「ねえ、お父っつぁん」

土間の壁に話しかけると、「おう」と作蔵が返事をした。

口を開きかけて、るいは首を振った。

「……ううん、やっぱりいいわ。別に何でもない」

「はあぁ？」

もし偽者のお父っつぁんだったら、あたしはその相手に、お礼を言う。いつもそばにいてくれてありがとうって、言う。――それが、るいが昨日のうちに見つけていた答だ。

さて麦湯をつくって井戸で冷やしておかなくちゃと、るいが台所に立った時に、冬吾が戻ってきた。

「立ち話で喉が渇いた。茶をくれ」

「すみません、麦湯はさっき親分さんが、鉄瓶にあった分を全部飲んじまって」

「あられ湯」

「ないとわかっているものを、言わないでください」

「水」

「はい、ただいま」

「この暑いのに、なんだって立ち話なんだい」とナツ。「茶屋にでも行きゃいいじゃないか」

長話ではないのでなと、冬吾は肩をすくめた。草履《ぞうり》を脱いで座敷にあがり、そのまま精霊棚の前に立った。

蓋を開け、中の鬼灯を取りだして掌にのせた。

「寛太のことは、源次が引き受けてくれるそうだ。店に奉公に入るか、職人に弟子入りするか、いずれにせよ源次なら寛太の身の落ち着けどころを、しっかりと世話してくれるだろう」

よかったなと、冬吾は言った。

掌の上の鬼灯が、かすかに震えたようだった。赤い袋の内に灯る光が、先端からほろほろと、まるで涙の滴のように零《こぼ》れて、散った。

五

十六日には店の前で送り火を焚いた。

厳密には彼岸に帰るのではなく旅立つわけだが、ともあれその日、お徳の魂は苧殻《おがら》の煙に乗ってこの世を離れていった。

今頃はあちこちで人々が同じように門火《かどび》を焚いて、束の間戻った死者たちを送りだしているのだろう。

「来年の盂蘭盆には寛太が自分で火を焚いて、お徳さんを迎えられればいいですね」

るいが言うと、そのほうがこっちの手間が省けるからなと冬吾はうなずいた。やっぱりひねくれ者だ。

「ところで冬吾様」

「なんだ」

「キヨさんは、戻ってきました？」

そういえば姿を見なかったわと、るいは首をかしげた。

去年もいなかった気がするけど、その頃のるいはまだキヨのことを知らなかったので、気にとめていなかったのだ。

「いや」

九十九字屋の先代店主の名前が出たとたん、冬吾は表情を渋くした。

「キヨは、戻っていない」

「え、どうしてでしょう」

さあなと返答も素っ気ない。

「気まぐれなのか面倒なのか、他人と足並みを揃えることが嫌なのか。そのどれかだろう」

（わあ、全部冬吾様のことみたい）

ちなみに子供扱いされるわ、頭が上がらないわで、冬吾はキヨが苦手らしい。

キヨさんには春に一度会ったけど、盂蘭盆にも帰ってきてくれればいいのに……と思ったところで、るいは冬吾の言葉に引っかかるものをおぼえた。

（キヨ、は……？）

その時だった。

店の中からぞろぞろと、見知らぬ人々があらわれたので、るいは仰天した。

男女あわせて五、六人はいるだろうか。年齢も服装もてんでバラバラで、どういうつながりなのか、さっぱりわからない。共通点は死んでいることくらいだ。

(なに、この人たち? 何者?)

「いやあ、どうもどうも」

「お世話になりまして」

「ああ、今年もよい盂蘭盆だった」

「また次もよろしくお願いしますよ」

死者たちは笑顔で口々に言い、会釈しながら、ぽかんと口を開けているるいと仏頂面の冬吾の前を通り過ぎる。そうしてそれぞれ、流れる苧殻の煙を綱か何かのように器用に摑むと、一緒にゆらゆらと空へ昇っていった。

彼らの姿が天の高みに消えてから、

「……い、今の人たち、誰ですか?」

ようやく声を出せるようになって、るいは訊ねた。

「誰と言われても知らんな。しいて言えば、うちの泊まり客だ」

「泊まり客?」

冬吾は、はぁと大きなため息をついた。

「キヨが、あの世で他の霊にうちを紹介しているらしくてな」

「なんですか、それ」

もはやどこに突っ込んでいいかわからない。

「おかげで、事情があって家に帰ることができない連中が、毎年この時期ここにやってくる」

「どんな事情かお訊ねしても?」

「例えば、他のご先祖の霊と犬猿の仲だとか、浮気相手と一緒にいる時に頓死したせいで女房にあわせる顔がないとか」

ああ、なるほど。

「だけど、どこにいたんです? あんなにいて、一人も姿を見ませんでしたけど」

「鬼灯の中だ」

あ、とるいは思った。

――精霊棚に鬼灯を飾るのは、あの世から戻った霊魂がこの赤い袋の部分に宿るからだ。いわば、この時期に霊が逗留する旅籠のようなものだな。

そういえば冬吾は、そんなことを言っていたのだ。なるほど、それで泊まり客か。

「迎え火の時からいたぞ。気がつかなかったのか？」

「さっぱり、気がつきませんでした」

冬吾はふん、と高らかに応じた。

「だからおまえは」

「幽霊を目でしか見ていない——ですね」

先んじて言ってから、るいはぷっと噴きだした。

（まあ、いいか）

また来年の盂蘭盆にと呟いて、るいは死者たちが帰った空を見上げたのだった。

第三話

辻地蔵

一

「あら？」

お使い物の帰り道、六間堀にかかる橋を渡ったところで、るいは首をかしげた。少し先で、うろうろと行ったり来たりを繰り返している人影がある。

四十がらみで太りじしの、なりからするとどこかのお店《たな》の女中とおぼしき女だった。

（道に迷っているのかしら）

それとももしかして、と思う。

るいが近づいていくと、女ははたと足を止め、露骨に困った顔で声をかけてきた。

「あの、お尋ねしますが、このあたりに九十九字屋というお店はありますでしょうか？」

（あ、やっぱり）

るいは胸の内でうなずいた。

どうやらあやかしとは無縁の人だ。そういう人間は、よほどでなければ店に近づくことができない。この辺りの土地の力がどうとか、人除《ひとよ》けの仕掛けが云々《うんぬん》とか、まあ詳しいことは奉公人のるいにも今ひとつよくわからないのだけど、ともかくそういう仕組みのせいで九十九字屋が商品としている『不思議』と係わりのない者には、店の存在自体が見えないか、見えても気づかずに素通りしてしまうのだ。

「九十九字屋でしたら、あそこの路地を入って真っ直ぐに行った奥になります」

るいが指し示した先を振り返り、なるほどそこに路地の入り口があるのを見て、女は狐に摘まれたような顔になった。

「あらま。何度もあの前を通り過ぎたはずなのに、なんだって気がつかなかったんだろう」

嫌ですね、ぼんやりしていたみたいで……と女が首を捻りながら礼を述べ、そちらに足を向けようとしたので、

「あたしは九十九字屋で奉公をしている者ですので、店までご案内いたします」

るいは慌てて、先に立って歩きだした。

あらまあと、女は目を瞠《みは》る。そうしてあからさまにホッとしたように、

「九十九字屋の？　それなら、ご店主に取り次ぎをお願いしてもようございますか」

はいとうなずいてから、るいは内心で首をかしげた。

（でも、あやかしと関係のない人が、お客様のはずはないわよね）

誰かの代理かしらと思ったら、案の定、女は新川《しんかわ》すじの酒問屋、東雲《しののめ》屋の主人の使いで来たという。しかも言伝《ことづて》ではなく、主人から文を預かってきたので、用件の内容までは知らないらしかった。

同じ奉公人の立場の気安さからか、路地に向かうまでの短い間に、自分の名はトミで、東雲屋の先代の頃から勤めている古株の女中で……といったことをすらすらと口にしたが、

「あれ、どうしたんだろう。急に目眩《めまい》が」

路地に一歩踏み込んだとたん、顔を青くして足を竦《すく》ませた。

「いやですね、どうも今日はおかしなことばかり……」

結局、文はるいが預かって店主に渡すことになり、東雲屋の女中は失礼の詫びを言いながら逃げるように帰っていったのだった。

「へえ、紅屋《べにや》しづまの羊羹《ようかん》とはまた張り込んだものだね」

るいがおやつに出した菓子を見て、ナツはほうと声を漏らした。

さきほどの女中が文と一緒に預けていったものである。もっぱら上級の武家や通人らが客層という、江戸でも高名にして高直《こうじき》な菓子司の品を届けてきたところで、東雲屋がかなり裕福な商家であることがわかる。一体に新川すじに蔵を並べる酒問屋は、間口の広い店が多い。

なんでぇ酒屋が酒でなく菓子折を届けてくるたぁ、どういう了見だ……と、壁の中からぶつくさ言う声が聞こえたが、それにはるいは聞こえないふりをした。

「それで、相手は何を言ってきたんだい？」

九十九字屋の座敷では、ちょうど冬吾が目を通していた文を机に置いたところだった。仏頂面はいつものことで、別段、文の内容のせいではないだろうが。

「お仕事ですか？」

るいも好奇心を抑えきれず、冬吾の横に湯呑みを置くと、そわそわと身を乗りだした。

「東雲屋の一人娘が、どうやらあやかしと係わってしまったらしい。娘の命が危ないので、助けて欲しいとのことだ」

「あやかしに命を狙われているんですか？」

「娘の名前は志乃《しの》、八歳だ。死の呪いをかけられたと書いてある」

死の呪い、と繰り返して、るいは目を見開いた。

「え、それって、かけられたら死んじゃう呪いなんでしょうか？」

「だから娘の命が危ないと言っている」

穏やかじゃないね、とナツ。指先で摘んでいた爪楊枝を羊羹に突き立てると、眉をひそめた。

「どこのトンチキだい、八歳の子供に呪いをかけるだなんてね」

「詳しいことは直接会って話したいそうだ。本来なら自分たちのほうからこちらに出向くはずが、母親が怯えていて娘を一歩も家から外に出したがらないので、やむなく文をしたためたとある」

要は東雲屋までご足労願いたいというわけだ。

まあ、うんと遠い土地ではない。永代橋《えいたいばし》を渡ればすぐに、酒問屋が集まる霊岸島《れいがんじま》である。

「うちのことは、荒木屋《あらき》から聞いたらしい」

誰でしたっけとるいは首をかしげる。あの人面果《じんめんか》の
「不思議語りの会にいただろう。あの人面果の」

「ああ、あの人面果の」

「主人の文左衛門《ぶんざえもん》が、亡くなった東雲屋の先代と懇意だったとかで、東雲屋のほうから相談をもちかけたようだ」

おそらく、荒木屋文左衛門が不思議語りという趣味の会に参加していることを知ってのことだろう。そのような集まりに出ているのなら、娘を救う手がかりとなる話をこれまでに何か聞いたことはないかと、一縷《いちる》の望みで相談したに違いない。

「あとは言わずもがなで、文のことは他言しないでくれと言ってきている。この一件については奉公人たちにも打ち明けていないとのことなので、言動には気をつけろ」

最後の言葉は、るいに向けてだ。

「おめえはうっかり者のうえに、何でもすぐに顔に出ちまうからな。口に蓋でもしておけ」

「うるさいわよ、お父っつぁん」

作蔵の憎まれ口に顔をしかめて見せながらも、内心では肝に銘じておかなくちゃと思うるいである。

「引き受けるのかい」

「この高直な羊羹に免じてな。明日、訪ねてみるとしよう」

冬吾はナツにうなずいてみせた。

「今晩のうちに、東雲屋について調べてみてくれ。とくに娘の志乃のことをだ」

ナツの情報源は、おもにその界隈の野良猫たちである。これがけっこう、使えるのだ。

「あいあい」

死の呪いが本当のことならば、確かに猶予《ゆうよ》はなさそうだった。

翌日――。

冬吾とるいが東雲屋を訪ねると、店の主人が転がるように店先に出てきて、みずから二人を奥へと案内した。

通された客間で待つことしばし、一度部屋を退いた主人が、妻と娘の志乃を連れて戻ってきた。

茶を運んできた女中に、「私が呼ぶまでここには近づかないように。皆にもそう伝えなさい」と命じると、主人はあらためて九十九字屋の二人と向きあった。

その横で妻は、腕を回して抱き寄せるように志乃に寄り添っている。そうでもしていないと一人娘が今にも消えていなくなってしまうのではないかと、怖れてでもいるようだ。なるほど文にあったとおり、この様子では娘を家から一歩も外に出したがらないというのは本当だろう。

「ご挨拶が遅れまして、申し訳ありません。私が東雲屋の主人の惣太郎《そうたろう》です。これが妻の美津《みつ》と娘の志乃。不躾ながら文にてお伝えしましたように、この志乃のことで私も美津も心を痛め、夜も眠れぬ日々を送っておりまして」

思い余って九十九字屋さんにご相談を願ったのですが、これほど早くにおこしいただけるとは誠にありがたいことですと、惣太郎は深々と頭を下げた。

九十九字屋の商売を聞けば多少なりとも胡散臭《うさんくさ》いと思いそうなものだが、惣太郎には相手を見下したところはない。荒木屋の口添えも効いているが、かほどに切羽《せっぱ》詰まってもいるのだろう。

惣太郎は一見すると三十代半ば、大店《おおだな》の主人にしては若いが品のある人物だ。ナツの情報によれば、東雲屋の先代が急死したのは一昨年のこと。若輩の惣太郎がいきなり店を継いで、それでも東雲屋の屋台骨が揺るがなかったのは、番頭をはじめ古株の奉公人たちがしっかりと支えてきたからであろう。本人はおのれの名に貫禄が追いつくべく、奮闘中といったところか。

「あの、それで」とお内儀《かみ》の美津が、堪えきれずというように声をあげた。「娘の命は助かるのでしょうか。助けていただけますのでしょうか？」

こちらもまだ大店のお内儀としては修行中、どこかまだおっとりふわふわとしたお嬢様育ちがそのまま残っているような女性である。もっとも今は、ふわふわどころではないだろうが。

「まずは詳しい話をお聞きしましょう」

何ができるかはその話次第だと冬吾に言われて、惣太郎はうなずいた。

「はい。――事の起こりは」

近くの辻に立っている地蔵を、手習所の帰りにそこを通った志乃が倒してしまったのだという。

「七日前のことです。辻の角にある三国《みくに》屋の番頭さんがちょうどそれを見かけて、うちに知らせてきまして。私はすぐに手代を連れて辻へ行き、志乃を叱って地蔵をもとに戻しました。もちろん、志乃と一緒に手を合わせてしっかりと詫びもいたしました。けれども……」

土台から転がり落ちてどこかにぶつけたのか、地蔵の姿を彫りつけた石に一箇所、ひびが入ってしまっていたという。

これは申し訳ないことをした、どうしたものかと惣太郎は案じたが、とりあえずその日は志乃を連れて家に戻った。

すると、その夜のことである。

「寝所で隣に寝ていた美津が、いきなり悲鳴をあげて飛び起きたのです。驚いてどうしたのかと訊ねると、怖ろしい夢を見た、志乃が志乃がと、それはもう半狂乱で泣き叫びまして」

「夢ですか。それはどのような？」

冬吾が訊くと、美津が青ざめた顔で身を乗りだした。

「はい。夢の中で私は、辻に立っておりました。あたりは真っ暗で、明かりひとつありませんでしたが、そこがあの、おしるべ様の辻であることはわかりました」

（おしるべ様……？）

何かしらと思ったのがしっかり顔に出ていたようで、

「この界隈の者は、辻の地蔵を『おしるべ地蔵』と呼んでおります。ええ、志乃が粗相《そそう》をしでかしてしまった地蔵のことですが」

るいを一瞥した惣太郎が、急いで口をはさんだ。

なるほど、それでおしるべ様か。どういう意味だろうとも思ったが、今はとにかく美津の話だ。

「真っ暗な辻にしばらく佇んでおりましたら、ふいに一人の男が姿をあらわしまして、身を竦めている私にひたと指を突きつけたのです。それはもう、悪鬼《あっき》のような怖ろしげな様の男で……」

おまえの娘は悪いことをした。それゆえ死の呪いを受けねばならない――美津に指を突きつけたまま、凄まじい怒りの形相《ぎょうそう》と割れんばかりの大声で男は告げたという。

そのとたんに、辻は轟々《ごうごう》と燃え盛る炎につつまれ、その火の中からこちらを睨みつけている男は、まさに地獄の業火《ごうか》の中に立つ赤鬼さながらであったと、美津は唇を震わせて語った。

「私は怖れで気が遠くなりそうになりながら、悲鳴をあげて……そうして、目がさめたのです」

その夢の話を聞いて、惣太郎も震え上がった。これはきっと、おしるべ様が娘のしたことに怒って、天罰を下そうとしているに違いない。どうにかしてお鎮めせねばと、翌日から東雲屋の主人夫婦は毎日のように供物を持って辻を訪れ、ひたすら手を合わせてくだんの地蔵に許しを請うているというのだ。

だが、それきり男は美津の夢の中にはあらわれず、ということは死の呪いが解けたというお告げもないわけで、このままでは娘が死んでしまうと親二人は必死の思いで近辺の寺の住職に相談し、荒木屋に相談し、そうして九十九字屋に行き着いた――という次第である。

そこまで聞いて、

「あの」

思わず言いかけ、るいは横目で冬吾を見た。

九十九字屋の店主は無言で顎をしゃくった。かまわないから言ってみろ、ということらしい。ならばとるいは、あらためて口を開いた。

「それって……その夢の中の怖ろしい男の正体は、おしるべ様だったのでしょうか？」

もちろんそうですとうなずいてから、美津は怪訝《けげん》な表情をした。なぜそんな当たり前のことを訊くのかという顔だ。

「志乃がおしるべ様を倒してしまった、その日の夜ですよ。悪いことをしたというのなら、他に何があります。あれがおしるべ様ではないというなら、他の何だというのでしょう？」

他の何と訊かれても困るが、でも一瞬何か妙だとるいは思ってしまったのだ。何かがしっくりこないような……と首をかしげていたら、冬吾が口を開いた。

「文には、お嬢さんはあやかしに係わったとありましたが」

（あ、それだわ）

あやかし絡みの事件のはずが、聞いてみればお地蔵様の罰があたる云々の話になっている。つまり相手は化け物でも悪霊でも魑魅魍魎《ちみもうりょう》でもなく、仏様だ。

「はい、それは」惣太郎は困ったように言った。「けして嘘を申し上げたつもりはなかったのですが……」

先にも言っていたように、惣太郎が真っ先に相談を持ち込んだのは近辺の寺の住職であった。しかし住職は事情を聞くと、そのような馬鹿な話はないと一蹴したらしい。

――御仏《みほとけ》が、悪心ある者を罰するならばともかく、幼い子供の命を奪うことなどなさるはずがない。ましてや地蔵菩薩は慈悲の存在であるぞ。

――もしも娘を呪うなどと口にするなら、それは不埒《ふらち》にも御仏の名を借りて人心を誑《たぶら》かすあやかしであろう。

「つまり、その住職が言うには、おしるべ様はあやかしであると」

冬吾の言葉に、惣太郎はいえいえと首を振った。

「おしるべ様は辻を行く者が迷わないよう、見守ってくださっているのだと、子供の頃に祖父に聞いたことがあります。この近辺に住む者は皆それを知っていて、おしるべ様と呼んで親しんできました。ですからご住職も、けしてあやかしだと決めつけたものではありません」

あ、とるいは思った。そうか。おしるべ様とは、お標《しるべ》様だ。辻を行く者が迷わないように、道案内の標という意味に違いない。

「むしろ、おしるべ様がそのような夢を見せるわけがない、夢そのものが心の迷いであるから気を揉む必要はないと、そう言われまして」

しかし、住職の言葉を聞いて、惣太郎の中でぐらりと揺らいだものはあった。地蔵が人を呪うはずはないというのなら、ではおしるべ様は何なのか。

幼い頃から慣れ親しんできた存在。今、娘の命を奪おうとしている存在。それを何と呼べばよいのか、筆をしたためるにあたって惣太郎は困惑したのであろう。

「なに、本来あやかしとは総じて『不思議』を指す言葉。ならば間違いではありませんよ」

冬吾は肩をすくめて言った。

「心の迷いだなんて、そんなはずはありません」

美津は唇を嚙んだ。

「あれは、夢であって夢ではありませんでした。私ははっきりと見て、はっきりと聞きました。志乃がおしるべ様から死の呪いをかけられてしまったのは、本当のことです。だって――」

その後何を言いかけたのか。やめなさい、と惣太郎が低く窘《たしな》め、美津はハッと息を吞んだ。

その時。

ハァ、と小さなため息が聞こえた。

「のろいじゃなくて、わざわいよ、おっ母さん。あたしはそう聞いたもの。『しのわざわい』って」

志乃だった。美津の腕の中でそう言って、八歳の少女はハァと、またおませなため息をついた。

「志乃。おまえは黙っていなさい」

惣太郎が叱るように言う。

るいは目を瞬かせた。よくよく見れば、呪いをかけられた当人の志乃は、取り乱した母親よりもよほど、しゃっきりしているようだ。可愛らしい顔立ちは、あと何年かしたら小町娘ともてはやされるに違いない。しかしふんわりした柔らかな容貌の美津とは反対に、志乃のすっきりとした切れ長の目と薄く引き結んだ唇は、いかにも勝ち気そうである。

「死の禍？　呪いではないのか？」

冬吾が訊くと、志乃は黙っていろと言われたせいか、こっくりとうなずいた。

「おしるべ様の夢を見たのか？」

母親と同じ夢を見たのかと聞けば、これにもこっくり。

なるほど、娘もともに見た夢なのだから気の迷いであるはずはないと、美津は言いかけたのだろう。

と、惣太郎が割って入った。

「申し訳ありません。娘はまだ子供なもので、よくわかっていないようなのです。自分のことなのに、まるで他人事のようで」

大人の話に口を出すものじゃありませんと美津に諫《いさ》められ、少女は渋々というように下を向いた。

冬吾は寸《すん》の間《ま》、考え込むように志乃を見つめてから、話を変えた。

「おしるべ様には、由緒のようなものはありますか」

いつから辻に立っているのかと問われて、そうですねと惣太郎は首を捻る。

「あくまで言い伝えなのですが、昔この辺りが霊巌寺《れいがんじ》であった頃に、敷地にあった六尊の地蔵のうちのひとつだったとか。霊巌寺が深川に移った後もそのまま同じ場所に立っているのだとも、誰かが辻に運んで置いたとも言われております」

霊岸島の名は霊巌寺に由来する。寺が移転したのは明暦《めいれき》の大火の後であるから、百五十年近く前のことだ。

というほど詳しいことはるいにはわからなかったが、ともかくおしるべ様がずいぶんと古くから辻に立っていたことだけはわかった。

ところでと、冬吾はまた質問を変えた。

「お嬢さんがおしるべ様を倒してしまったのは、手習所の帰りでしたね」

「はい」

「手習所への行き帰りは、お嬢さん一人で？」

「いえ、新吉《しんきち》がいつも供をしております」

新吉というのは今年から東雲屋に奉公に入った丁稚《でっち》だという。

商家では、幼少の奉公人には手代が読み書きそろばん等を教えることが多いが、東雲屋では十二の歳までは繁忙期でなければ、丁稚を手習所に通わせるという決まり事があった。手習所にかぎらず、よろず奉公人を大切にする店は栄えるという、先々代あたりからの教えによるものだ。

とまれ、十一の新吉も主人の娘の志乃の行き帰りのお供も兼ねて、手習いに通っているのだ。

「ではその新吉という丁稚は、お嬢さんにかけられた呪いのことは知っているのですか？」

「それは」

知ってるよ、と志乃が顔をあげて言った。

「あたしが話したもの」

志乃、と惣太郎が声を大きくした。

「誰にも言うなと、あれほど――」

「だって、どうしてお嬢さんは手習いに行かないんですかって、新吉が訊くのだもの。あたし、新吉に嘘を言いたくなかったの」

それこそ誤魔化しのない、きっぱりとした口調だ。親二人はそろって頭を抱えた。

（この子、怖くないのかしら）

つんと顎を反らせている志乃を見ながら、るいはそんなことを思った。

呪いだか禍だかで死ぬかもしれないといわれている状況で、心底怖がっているようには見えない。怖くても我慢しているのだとしたら、八歳にしてたいした気丈さだ。それとも、他人事のようだと先に惣太郎が言っていたように、やっぱり子供だから事態が呑み込めていないだけだろうか。

（……八歳の女の子って、まわりが考えるほど子供じゃないと思うけど）

「新吉をここに呼んでいただけますか」

「え、新吉をですか？　しかし」

「訊きたいことがありますので」

有無を言わさぬ冬吾の口ぶりに、惣太郎はおぼつかなげにうなずいた。

すぐに新吉がその場に呼ばれた。

十一歳の少年は、まだまだ手足も細く、顔立ちも幼い。手習所から帰ってきたところだったのか、ほっぺたには墨がついていた。

主人夫婦と客の前に座って、新吉はおっかなびっくりまわりを見回している。かちこちに緊張しているのが丸わかりで、見ていて気の毒になるほどだ。しかも九十九字屋の主人は、子供相手にも愛想とは縁のない人間ときている。

「おまえさんは、おしるべ様が倒れた時にその場にいたんだな？」

案の定素っ気ない口ぶりで訊かれて、ぴん、と新吉の肩が強張《こわば》った。声もなくうなずいてから、「はい」と丁稚は慌てて答えた。

冬吾は一瞬、新吉に向けた目を細めてから、膝の向きを変えた。声をかけた相手は志乃である。

「やれ、先に訊ねるのを忘れていた。——おしるべ様は、どうして倒れたんだ？」

道端で転んだはずみにとか、うっかりぶつかってとか、そんなところだろうとるいは思っていたのだが、

「両手でえいって押したら、台から落ちてしまったの」

志乃の返答に、絶句した。

「押した……って、それじゃ自分でやったの？　わざと？」

思わずるいが訊き返すと、志乃は悪びれた様子もなく「うん」とうなずいた。

「えぇぇ、どうしてそんなことをしたの？」

「わかんない。でもね、あたし、その時なんだかむしゃくしゃしてたのね。だからだと思う」

つまりは八つ当たりだか出来心だかで、志乃は自分でおしるべ様を土台から落として倒し、その場面を三国屋の番頭が見ていて……という経緯らしかった。

「申し訳ありません……そのことはまだ、申し上げてはおりませんでした。ええ、もち

ろん、ちょっとした騒ぎにもなったことですし、九十九字屋さんにもちゃんとお伝えするつもりだったのですが……」

惣太郎の口調が困惑する。志乃のしたこと自体は、三国屋の番頭をはじめ知る者は知っているはずだから、隠すつもりがなかったのは本当だろう。

だが。

(それじゃあ、おしるべ様だって怒るわよねえ)

内心でため息をついた、るいだ。

まあ、それでも子供相手に呪うだのなんだのは、地蔵にあるまじきと思うけれども。

惣太郎と美津の怯えようも、夢にあらわれた男がおしるべ様だとあっさり信じたのも、娘に非があるのがわかりきっていたからだと思えば、腑に落ちる。

「おまえさんは、それを見ていたんだな？」

冬吾はまた、新吉に顔を向けた。

新吉は口を開きかけて、喉に何かつっかえたような顔をした。ちらと志乃をかすめるように見て、亀のように首を竦めている。

無理もない。両親からは見えないところで、志乃が怒っているような凄い目で新吉を睨んでいたのだ。

「お、俺は見てなかったです」

ようやくへどもどしながら、新吉は言った。

「その場に一緒にいたのだろう？」

「い、いましたけど、でもその時はちょうど俺はよそ見をしてて、それで、もういっぺん志乃お嬢さんを見た時にはもうおしるべ様は地面に倒れていました」

ふたたび目を細めてから、そうかと冬吾はうなずいた。

「わかった。もう行っていいぞ」

新吉はホッとした顔で客間を下がった。

「――どうなのでしょう。志乃にかけられた呪いを退ける手段はありますでしょうか」

惣太郎は畳に手をついて身を乗りだした。

「まだわかりませんね。話を聞いたばかりでは」

そんなと、美津がうろたえた声をあげる。

「どうか一刻も早く、お願いします。今こうしているうちにも、志乃の身に呪いが降りかかるのではと、もう気が気ではありません」

「まあ、できるだけのことはしましょう」

この先はこちらで勝手に調べますのでおかまいなくと言って、冬吾は立ち上がった。

「あの、私どもはどうすれば……？」

客間を出ようとした冬吾を、慌てて惣太郎が呼び止める。

「おしるべ様には毎日お供えをしておりますが、他に私どもが娘のためにできることがありましたら」

教えてほしいと縋《すが》るように言う惣太郎に、冬吾は「まずはよく寝ることです」と即答した。

「ね、寝ること……？」

「きちんと食事をとり、夜にはしっかりと眠り、普段どおりの生活を心がける。つまりは平常心でいることです。過度な怖れや不安は、さらに悪いものを引き寄せる。あなた方がそんなに怯えていては、事態は悪くなるだけです。お嬢さんを守りたければ、親であるあなた方がまず呪いを笑い飛ばすくらいの気概を持ってください」

「は、はあ」

けっこう無茶なことを言っているが、本人はいたって真顔だ。

ぽかんとする主人夫婦に「では失礼」と言って、冬吾はさっさと部屋を出た。

「あ、待ってください、冬吾様」

るいも急いでその後を追い、追いついたのは中庭をぐるりと囲む縁側の一角である。

「これから調べるって、何を調べるんですか？」

冬吾は足を止めると、職人の手によって美しく整えられた庭の木々に視線を投げた。

そうだなと思案するように呟いてから、

「まずは辻へ行って、おしるべ様とやらに会ってみるか」

見に行くのではなく、会いに行くと言った。

「おまえは志乃の相手だ。うまく話を聞き出せ」

「え、あの子からですか？」

何を聞きだすのかと、るいはきょとんとする。

「親に止められていたが、とくに夢のことでは何か言いたそうにしていたからな」

「ああ、そういえば……」

呪いではなく、禍だとか何とか。

わかりましたとうなずいてから、

（でも地蔵をつっ転がすような子が、ちゃんと話をしてくれるかしら）

いささか心許ない思いで、るいはこっそりとため息をついた。

二

客間をのぞくと惣太郎らの姿はすでになく、ちょうど女中が湯呑みを片付けているところであった。その女の顔に見覚えがある。

「トミさん」

相手も気づいて、おやと目を瞠った。

「九十九字屋の……あらまあ、昨日はどうも失礼をいたしました」

主人の客であるからか、るいに対する言葉遣いも今日は丁寧だ。

「旦那様とお内儀さんは店のほうにお戻りです。用がおありでしたら――」

「いえ、そうじゃなくて。お嬢さんとちょっとお話がしたいんですけど」

「志乃お嬢さんでしたら、ご自分の部屋でなければ、庭かどこかで遊んでいるんじゃないかと思いますよ。いえね、お嬢さんは先日おいたをして、お内儀さんから罰として外へ出てはいけないと言われたそうで。手習いもお休みしているくらいですからね」

おしるべ様の呪い云々を知らないトミは、お内儀さんもそこまで厳しくお仕置きしなくてもねと首をかしげた。

結局足を運んだ部屋に志乃はおらず、るいはしばらく店の敷地をあちこちうろつき回る羽目になった。

ようやく見つけたのは、敷地に並んだ蔵の裏手である。

ひそひそと子供の声がするので、蔵の壁に隠れてそっとのぞくと、そこにいたのは志乃と、もう一人。新吉だ。

志乃お嬢さんと、新吉が呼びかけている。

「やっぱりこんなの、よくないです。旦那様に本当のこと言いましょうよ」

志乃はつんと顎を反らせた。

「駄目。もしあのことをお父っつぁんに言ったりしたら、あたしはもう新吉とは口をきかないから」

「そんなぁ」

「あんただって、店を追い出されるのは嫌でしょ」

新吉は泣きそうな顔になった。

「でもこのままじゃ、お嬢さんが」

「大丈夫よ。おっ母さんが大袈裟《おおげさ》に騒いでいるだけなんだから」

その時、店のほうから新吉を呼ぶ手代の声がした。すみません、俺もう行かないと、と情けない面持《おもも》ちのまま新吉は駆け出す。見送って、志乃は大きなため息をついた。

「男って、いざとなるとてんで意気地がないわね」

るいは見つからないように、足音を忍ばせてその場を離れた。

そのまま先回りをして、志乃が母屋に戻ってきたところで、「ねえ」と物陰から出て声をかけた。

誰もいないと思っていたのだろう。志乃は驚いてぴょんと飛び上がった。

「あ、さっきのお姉さん。……ええと、るいさん」

「うん。ちょっと一緒にお話がしたいんだけど、いい？」

志乃はこくりとうなずく。

どこか人目につかないところはと、るいがあたりを見回していると、「こっち」と志乃は先に立って歩きだした。ついて行くと、そこは母屋のそばの離れである。

「お祖父《じい》ちゃんが、いんきょしたら住むはずだったんだけど、今は誰も使ってないの」

縁側に腰を下ろすと、高い垣根と生い茂る庭木がちょうどよい目隠しになった。なるほどこれなら、店や母屋にいる者に見られることはなさそうだ。

志乃と並んで腰掛けて、さて何から切り出そうかとあれこれ考え込んでいたるいだったが、

「それでなあに？　内緒のお話なんでしょ」

八歳の子供に促される格好になって、慌てて口を開いた。

「え、ええと。……さっき、言ってたでしょ。夢の話。呪いじゃなくて、禍だって言ったよね。そのこと、もうちょっと詳しく話してくれない？」

「だから、あたしの夢の中ではそう言ってたの」

「怖ろしい鬼みたいな男が？」

「それね、おっ母さんが大袈裟に言ってるだけよ。そんなに怖そうな人じゃなかった」

「ええ、そうなの？」

「おっ母さんは、しょうがないのよ。だって『おじょうさまそだちがぬけない』んだもの」

「……それ、意味わかってる？」

「お勝《かつ》さんとおミネさんがよく言ってる。しっかりしてないって意味でしょ？」

るいは額を押さえた。奉公人がお内儀の悪口を年端のいかない子供、それも娘に聞こえるところで言うのは、いかがなものか。

「でも大丈夫よ。お勝さんもおミネさんも、おっ母さんのことを嫌ってるんじゃないから。それはね、小さな子が何かをうまくできなくて、大人がそれを見てしょうがないなあ、まだ小さいからって言うようなものよ」

るいは感心して志乃を見つめた。

「あんた、賢いわね」

志乃は大人のように肩を竦めて見せた。やっぱりおませさんだ。

(もっと扱いづらい子かと思ったけど)

こうして話してみると、客間で見ていた時にはいささか生意気に感じた物言いが、おしゃまで可愛らしいものに思えてくるから不思議だ。

「おっ母さんは嘘をついてるんじゃないのよ。でもすごく怖がりだから、ええと、小さな蛇を見たとして、怖いからうんと大きい蛇を見たような気になっちゃうの。もとの蛇をちゃんと見てないから、後で思いだしたらよけいそんな気がするの。……そういうのって、わかる？」

「うーん。なんとなく」

本当になんとなくだが、そういうこともあるのかもしれないと思う。

「おっ母さんは、あの夢がすごく怖かったんだと思う。それは……」

志乃は少しの間、黙り込んだ。

「……あたしが、死んじゃうと思ったから。それで、これまで見たことのある怖ろしい絵双紙とか、鬼の話とかと頭の中でどんどんごっちゃになっちゃったんだと思う。だからおっ母さんの夢は、本当に見た夢じゃなくて、おっ母さんが自分の頭の中でつくっちゃった夢なの」

言われてみれば確かに、美津の夢は出来すぎだ。芝居の一場面のように。

「じゃあ、あんたが見た夢はどんなだった？」

男の人が辻に立っていたと、志乃は言った。顔はぼんやりしていてよくわからなかったが、普通の背格好の男の人だ。

――おまえさんは自分のしたことは悪いと、ちゃんと知らなければいけない。さもないと、「しのわざわい」を受けることになる。それは罰だから、仕方がない。ごめんなさいと、夢の中で志乃はその人に謝った。あたし、おしるべ様をわざと倒しました。ごめんなさい。

だがその人は、困ったように首を振ったという。

――それのことではない。やはりわかっていないようだな。

「おしるべ様を倒したこと以外に悪いこと？　そう言ったの？」

これはなんだかおかしな話になってきたと、るいは思った。事の発端は、志乃がおしるべ様を倒したことのはずだ。なのに、そのことではないと、夢の中の男は言ったという。

「そうしたら、火がぼうって燃えたの。そこはおっ母さんの夢と同じ」

その火は触れても熱くはなかったけれど、志乃は吃驚《びっくり》して、その人にどうして燃えているのか訊ねた。

――これはなあ、どうしようもないんだ。

――火事で燃えてしまったから。

男がそう答えたところで、志乃は目がさめた。

「あのね、こういうことを訊くのはどうかと思うけど。……怖くないの？　その、禍の話とか」

るいは胸の内でもう幾度目か、どうしてかしらと思った。こうして並んで話をしていると、違和感がいっそう募る。禍だろうが呪いだろうが、死んでしまうかもしれないと言われているのに、どうしてこの子はこんなに平気そうなんだろう。親二人はあんなに怯えているというのに。

「怖くないわ。だって、わざわいには誰かの嫌な気持ちとか悪い願い事は入ってないでしょ。でものろいには、入ってるでしょ」

「え……」

「あたしね、手習いの先生に訊いたの。あたしが手習所を休んでいるから、先生が心配して来てくだすったの。その時にね、わざわいとのろいってどう違うんですかって。そしたら」

武家の未亡人だという高齢の女先生は、しばし考えてから、こう言った。

——呪いは相手の不幸を願うものです。誰かが誰かを憎んだり、苦しめてやりたいと思ったり、その相手が死ぬことを願ったり、そういう怖ろしい気持ちや悪い感情がこめられている。たいそう怖ろしい、醜いものです。

——禍もまた悪いものですが、そこには人の気持ちや感情は関係ありません。それが呪いとの違いです。

子供にわからせるために、先生はかなり苦労して言葉を嚙み砕いて説明したようだ。

「だから、ね。あの男の人は、わざわいって言ったから、あたしを殺したいとか苦しめたいって思ってるわけじゃないの」

志乃は顎をあげて、るいを見た。

「あたし、死なないと思う。罰を受けるのは、仕方がないけど」

きっぱりとした、だが無邪気な言葉だ。るいがどう返答したものかと首を捻っていると、にわかに母屋のほうが騒がしくなった。

「おっ母さんが、あたしをさがしているわ」

志乃は肩をすくめて、縁側から下りた。るいにぺこりと頭を下げ、母屋へと駆け出した。

垣根の向こうに消えた少女の後ろ姿に「またね」と手を振りながら、今聞いたことを早く冬吾に報告しなければと、るいは小さく息をついた。

出て行ってそろそろ一刻近くになるというのに、冬吾はなかなか帰って来なかった。るいは客間で一人で待っていたが、他にやることもないし、自分で冬吾を迎えに行こうと思いつくまでにたいして時間はかからなかった。

子供が手習所の行き帰りに通る辻なのだから、それほど遠くはないはずだ。店の者から場所を聞いて、外に出た。

教えられたとおりに幾つか角を曲がって道を辿り、ほどなくそれらしきところに出た。見回すと、一角に小さな石像が立っている。おしるべ様だ。

(冬吾様は)

もう一度見回したが、姿がない。人馬や荷車がまばらに辻を行き交うばかりだ。へんね、入れ違いになったのかしら……と首をかしげながら、るいは石像に歩み寄った。

高さは三尺ほどの像だ。石に、錫杖《しやくじよう》を持った地蔵の姿が彫りつけられている。風雨を遮る屋根や囲いもなく、長年にわたり辻に野ざらしになっているせいで、黒く古びて苔むし、輪郭もとろけたように丸みをおびて、まさに路傍《ろぼう》の地蔵の風情である。

土台はむき出しの石で、固定も何もされていない。なるほどこれなら、子供でも力一杯押せば転げてしまうだろう。

像の手前に真新しい木の台がしつらえてあって、花と様々なお供え物が置いてあった。東雲屋の主人夫婦が毎日ここを訪れ娘のために許しを請うていると言っていたのを思いだし、るいもおしるべ様の前にしゃがんで手を合わせた。

(おしるべ様、相手は子供ですので、あんまり怒らないでやってください。そりゃ、すっ転がされりゃ腹も立つでしょうが、そこはひとつ大目にみて許してやってください)

立ち上がって、さて冬吾を捜そうと辻を振り返ったら、目の前に人が立っていたので驚いた。

「これは申し訳ない」

るいがわっと叫んで飛び退《の》いたので、相手は頭を掻いた。

「花を供えにきたら先に人がいたので、待たせてもらっていた」

だからって真後ろにいなくてもと思いながら、るいはつくづくと相手を見た。

一見して浪人だ。すまなそうな顔をしたのは一瞬で、すぐに日焼けした顔ににこにこと笑みをたたえた。年寄りでもないのに笑うと目尻に皺が寄って、なんとも人の好さそうな感じを受ける。

「もういいか？」

「あ、すみません」

るいは慌てて場所を譲った。浪人は身を屈め、石像の土台にある古ぼけた花器に持ってきた花を押し込むように入れると、寸の間、手を合わせた。そうしてふと、東雲屋の供え物の台に目をやって、あははとなぜか声をあげて笑った。

「やれやれ。また誰かが、おしるべ様の禍を被《こうむ》ったとみえる」

「え……」

思いがけない言葉に、るいは目を見開いた。

（また……？）

「禍って、もしや死の禍のことですか？」

浪人は立ち上がると、るいと向きあった。

「もしや、あんたか」

「あたしじゃありません。でも、知り合いが……おしるべ様を倒してしまって」

そうかと、浪人はうなずいた。

「まあ難儀だな」

「はあ」

難儀どころではないとるいは思うのだが、浪人は肩を揺すってなんとも朗らかにまた笑った。

「実は俺も、何年か前にやらかしてしまってな。したたかに酔っぱらって、うっかりこの地蔵様をひっくり返してしまった。で、夢枕で叱られて、十日ばかり禍を被る羽目になったのだが、いやいや、あの時は困ったのなんの。ちょうど代筆屋の内職を引き受けたばかりであったからなぁ。手習所で子供らを教える手伝いもしておったし」

「え……え?」

るいはぽかんとした。

この浪人も、おしるべ様を倒してしまったことがあるという。よくよく考えれば辻の角っこにあるのだから、誰かがうっかりぶつかったりして、おしるべ様がひっくり返ってしまったことはこれまで何度もあったのかもしれない。

それはともかくとして、

「おしるべ様から死の禍を被ったんですか？」

いかにもと、浪人はうなずく。

「十日ばかり？」

「うむ」

「死にませんでした？」

「死ぬ？　いやこのとおり、ぴんぴんしているが」

浪人はふと何かに思い当たったような顔をした。

「死の禍……ああ、なるほどな」

袖に手を入れて腕組みをし、なるほどなるほどと、どうしてだか楽しげに呟いている。

「俺が叱られたのは、像を倒しておきながら素知らぬ顔でここを立ち去ったからだ。酒に酔って、自分のしたことがよくわかっていなかったというのもあるがな。もしやあんたの知り合いも、自分のしたことの何が悪いのかが、わかっていないのかもしれん。なに、わかれば許してもらえる」

でも、と言いかけて、るいは口を閉じた。

そういえばと思う。

——おまえさんは自分のしたことは悪いと、ちゃんと知らなければいけない。

志乃の夢の中で、おしるべ様であろう男は言ったという。

——やっぱりこんなの、よくないです。旦那様に本当のこと言いましょうよ。

なぜか、蔵の陰で聞いた新吉の言葉が頭をよぎった。

「うーん」

頭を抱えてあれこれ考えはじめたるいを、浪人は面白そうに見やった。

「あんたが考えても仕方があるまい」

それはそうで、志乃のしたことの何が悪いのか、本当のこととは何なのか、るいがこの場でぐるぐると考えたところでどうなるものでもない。

だけどひとつだけ、わかることはあった。

(あの子、何か隠しているわね)

おしるべ様をわざと倒した。それが悪かったと皆が思っている。——そうではない、もっと大きな原因が、別にあるのだとしたら。

浪人は腕組みを解くと、さて、と踵《きびす》を返しかけて、

「もし本人がよく考えてもどうしてもわからないというのなら、ここへ来て手を合わせ

てみてもよいのではないかな。迷う者の標となるのが、おしるべ様だ」

そんなことを言い残し、去っていった。

それを見送ってから、はたとるいは思いだした。——そうだった、あたしはここへ冬吾様を迎えに来たんだったわ。

入れ違いになったのなら、冬吾はすでに店に戻っているかもしれない。るいはおしるべ様に頭を下げると、足を速めて来た道を引き返した。


案の定、冬吾は戻っていて、客間でるいを待っていた。聞けば入れ違いになったのではなく、辻を訪ねた後に、しばしあたりをぶらついていたという。

「こんなところに来てまで、散歩しないでくださいよぅ」

るいは口を尖らせたが、冬吾は知ったことかという顔で「そっちはどうだ」と顎をしゃくった。

るいが、蔵の陰で聞いた志乃と新吉の会話、その後で志乃から聞き出した話の一部始終を告げると、九十九字屋の店主はふむと呟き、思案するように黙り込んだ。

そういえばと、るいは思いついて言った。

「辻で、同じようにおしるべ様を倒してしまって、死の禍を受けて十日ばかり難儀したけど、今もぴんぴんしている浪人と会いました」

「なんだそれは」

「その人が言うには、自分のしたことの何が悪いかが本人にわかれば、おしるべ様に許してもらえるとのことです」

「……その浪人は、他には何か言っていたか」

そうですねと、るいはちょっと考えてから、

「あ、そうだ。どうしてもわからなければ、辻へ行っておしるべ様に手を合わせてみろとか何とか」

束の間、冬吾はるいを凝視してから、大きく息をついた。やれやれと言わんばかりのため息である。意味がわからずにるいは首をかしげたが、冬吾はそれきり何も言わずに立ち上がった。

「引きあげるぞ」

「え？」

「今日のところは、こちらでできることはもう何もないからな」

九十九字屋が帰ると聞いて、仰天したのは惣太郎である。店からすっ飛んできて、すでに廊下に出ていた冬吾とるいに、「待ってください」とうろたえた声をあげた。冬吾の腕を摑み、今にも客間に引き戻しそうな勢いだ。

「東雲屋さん、よく寝ましたか」

「さっきの今で寝ている暇はありませんよ。それよりも――」

「平常心はどうしました」

「心がけますとも。しかし――」

「お嬢さんのことでしたら、ご心配には及びませんよ」

冬吾は惣太郎に低い声で囁いた。というのも、騒ぎに気づいた店の者や女中たちが、何事かと廊下に顔をのぞかせていたからだ。惣太郎もそれに気づいて、慌てて冬吾の腕を放すと、「何でもないからおまえたちは仕事に戻りなさい、ほら早く」と奉公人たちを追いやった。

「九十九字屋さん、それで……心配がないとは、どういう」

「ですから、少なくともこの一件でお嬢さんが死ぬことはないと言っているんです」

惣太郎は目をむいた。

「ど、どうしてわかるのです？　死の呪いだか禍だかですよ。志乃が無事ですむなどと……それはもちろん、そうあって欲しいですが、しかし」

言葉だけで信じろと言われましてもと頭《かぶり》を振ってから、惣太郎は悲痛な顔をした。

「も、もしや九十九字屋さんでも手の打ちようがないということでは。それで手を退《ひ》くということなのでしょうか」

逃げだすために冬吾が適当なことを言っているのではないかと、まあこの場合、惣太郎が疑ったとしても仕方のないことだ。

(あたしだって、何がなんだかわからないもの)

冬吾様ったらこんな時に無愛想と面倒臭がりの合わせ技を披露しなくても、とるいは思う。

「手を退くつもりなどありませんよ」

冬吾は肩をすくめた。

「これだけは、言っておきます。この一件は端《はな》から、あなた方が考えているようなものではないんです」

「それは……どのような」

「どこぞの住職が言ったとおりです。地蔵菩薩は人間を呪ったりしないし、人を殺しもしない。それをするというのなら、地蔵ではない。しかし、おしるべ様は紛れもなく地蔵です。さらに言えば言い伝えどおり、かつて霊巌寺の境内にあった地蔵の一尊だというのも間違いはない」

「それは……」

惣太郎はぽかんとしている。

「先ほどおしるべ様を見てきましたが、あの像には煤《すす》の汚れが染みついていました。それに、夢の中で炎に包まれていたというのも」

――これはなあ、どうしようもないんだ。

――火事で燃えてしまったから。

「明暦の大火で、霊巌寺は燃え落ちた。境内の地蔵もその時、一緒に燃えてしまったからでしょう」

そうかと、るいは思った。石の面が黒いのは、古いせいだとばかり思っていた。煤の汚れもあったのか。

「お嬢さんの身に、何かは起こるでしょうが、起こってみなければ解決はできません。

その時には、力添えはさせていただきます。けれどもそれが明日なのか、三日後なのか、もっと先なのかはわからない。なので、今日できることは何もないと申し上げたわけです」

冬吾の言葉に、惣太郎は深く息をつき、肩を落とした。何か言いかけて口を閉ざし、また開いた。

「わかりました」

何かは起こるのですね、でも娘の命は無事なのですねと、惣太郎はおのれに言い聞かせるように言う。

そうして、深々と冬吾に頭を下げた。

「その折には、九十九字屋さん、どうぞよろしくお願いいたします」

「冬吾様」

九十九字屋に帰る道すがら、しばらく迷ってからるいは先を歩く冬吾に声をかけた。

「なんだ」

「本当はもう、冬吾様にはわかってるんじゃないですか？」

るいは、振り向きもしない背中を見つめる。

「何を」

「この一件のいろんなことです。――たとえば志乃ちゃんが、本当は何か隠していることとか」

冬吾の返事はない。

「死の禍が、本当は死ぬことじゃないっていうのも、地蔵だからって理由じゃありませんよね？」

あの浪人の話を聞いていなければ、信じていいのかどうか、迷ったところだ。惣太郎は丸め込まれたようだが。……いや、娘が死ぬことはないという言葉に、縋りたかっただけかもしれない。

「志乃ちゃんがした悪いことって本当は何なのか。……あ、もしかして冬吾様、おしるべ様に会いに行くって言ってましたけど、本当に会ったんですか？　話をしたんですか？　お地蔵様って、どうやってしゃべるんですか？」

「本当本当と、うるさいぞ」

冬吾はついに足を止めた。これ見よがしのため息をついて、振り返った。

「そのうちわかる」

「えぇ、ちょっとくらい教えてくれても」

「何でもかんでもすぐに顔に出るやつに、教えるわけにはいかんな」

鼻を鳴らして、冬吾はまた歩きだした。

(やっぱり、全部わかってるんだわ)

ぷんとむくれていると、背中を見せたままで、冬吾は口を開いた。

「ひとつだけ、答えてやる」

「はい？」

「人の口を借りて話をする。私の時は通りすがりの老人だった」

どうやら、「お地蔵様はどうやってしゃべるか」の答らしい。

(へえ、そうなんだ。知らなかった)

何気なくそう思ってから、るいは「あ……」と呟いて立ち止まった。

ああ、そういうことか。

なんだか少しおかしくて、るいは口もとを緩めながら、小走りで冬吾を追いかけた。

三

それから二日後のことだった。

東雲屋で騒ぎになっていると知らせてきたのは、文を預かった女中ではなく、ナツである。冬吾に言われて、猫の姿で東雲屋の様子を見張っていたのだ。

冬吾とるいは、すぐに東雲屋に駆けつけた。

「ああ、九十九字屋さん。今、知らせをやろうと思っていたところです」

惣太郎は、青ざめてはいたが、思いの外しっかりとした様子で二人を出迎えた。

よく寝て食べて、平常心を心がけたせいか——さもなくば娘の命が確かに無事だったことで、安堵したのかもしれなかった。

「何があったのです?」

冬吾が訊ねると、「まずは奥へ」と惣太郎は先日の客間に二人を案内した。すぐに美津と志乃も姿を見せる。美津は取り乱してこそいないが、なんとも途方に暮れた様子であった。志乃はというと、挨拶もせずに口を固く結んだままだ。

「これをご覧ください」

そう言って惣太郎が差し出したのは一冊の手習い草紙——子供が手習所で使う帳面である。

「今は手習所を休ませておりますので、志乃には私どもが手の空いた時間に読み書きを教えているのですが」

受け取って、冬吾は帳面を開いた。八歳の子供の手で書き込まれた墨の字が、びっしりと並んでいる。手紙を書き写したものらしい。

無言でそれを見つめる冬吾の横から、るいもそっと帳面をのぞき込んで、すぐに首を捻った。

(何かおかしいわね)

そうして気がついた。字がところどころ、抜けているのだ。

「これはいつ書いたものです？」

「今日の、朝餉のあとです」

頭痛がするかのように、惣太郎はおのれの額を手で押さえた。

「実は字ばかりではありません。こちらのほうが、もっと深刻な話で」

「と、いうと」

志乃、と美津が娘を促した。

「名前を言ってご覧なさい」

志乃は上目遣いに大人たちを見ると、小さな声で言った。

「ののめやの、の」

るいは思わず耳に手をやった。今、なんて？

もう一度と言われて、「ののめやの、の」と、志乃は繰り返す。

「このとおり、『し』が言えないのですよ」

るいはぽかんとしてから、もう一度帳面を見た。字が抜けている——抜けているのは『し』の一字。

「これは、一体どういうことなのでしょう。この子は東雲屋の一人娘、志乃です。なのに『し』が言えない、書くことができないなんて。これが呪いだとでも……！」

「わざわいだってば、おっ母さん」と志乃。

『し』が入っていなければ、普通にしゃべることはできるようだ。

九十九字屋さん、と惣太郎は畳に手をついた。

「これはどうすればよいのでしょう。仰ったように、娘はこうして無事ですみました。命まではとられなかったのは、まったくありがたいことです。しかし、美津が言うようにまさかこのようなことが、おしるべ様の死の禍なのでしょうか」

一息に言ってから、惣太郎はふいに黙り込んだ。いや、まさかと呟く。

「死の禍……？」

美津が何かに気づいたように、あっと小さく言って口を押さえた。

「冬吾様、これってまさか……」言いかけて、るいも絶句する。

誰もがその先を言いたがらないことを、冬吾は平然と口にした。

「紛うことなき、『し』の禍だな」

「……『し』？　どうして『し』なんですか。だったら『い』でも『ろ』でも『は』でもいいじゃないですか。『し』だなんて言うから、こんなややこしい話になったんですよ。どれだけ深刻なことかと思ったら、ただの洒落《しゃれ》ですか？　地蔵の洒落っ気ってやつですか？」

「そこまで怒ることか」

「怒ってませんよ。気が抜けただけです！」

あれこれ考え込んで損したと、るいは客間の天井を仰いだ。

「しかし、さすがにこの事態は予想していなかったな。これはしてやられた」

「感心することじゃないです。こんな、いくらお地蔵様でも人をからかうような真似は、ひどいですよ」

「からかったわけではあるまい」

「じゃあ、何ですか」

「罰だ。最初からそう言っている」

ぐっとるいは言葉に詰まった。

確かにそうだ。何が悪いことかを考えろと、おしるべ様は言っている。よくよくしっかりと考えろと。――それは、その者にとってとても大切なことだから。

死の禍と思い込ませ、けれども本当には命をとらずにすむように。それでもまだわからなければ、罰を与えて本人から『し』の一字を取り上げる。わかれば許してもらえると、あの浪人は言っていた。

（そりゃ、難儀したでしょうね）

代筆屋に手習いの手伝い。なるほど、どちらも『し』の字を取られてしまっては、立ち行かなかったに違いない。

しかし九十九字屋さん、と惣太郎は重いため息をついた。

「それは娘はたいそう悪いことをいたしました。けれども私どもは、もう何度も誠心誠意、詫びております。それでも許していただけず、こうして罰を与えられるというのなら、これ以上どうすればよいのやら」

るいはそっと、志乃を見た。

志乃は座ったまま下を向いている。膝の上で、両手を握ったり開いたり、落ち着かなげに繰り返していた。

あたし、隠していることがあるの、嘘をついたの、ごめんなさい。今にもそう言いだすのではないかとるいは思ったが、志乃はぐっと唇を噛むと、両手を握りしめただけだった。

(それじゃ、許してもらえないよ。ずっとそのままだよ)

いっそう言いたいけれど、あたしが言ったらまずい気がする……と、るいがやきもきしていると、客間に面した庭でがさっと庭木の揺れる音がした。

見れば新吉が、転がるように庭のすみから飛び出してきて、縁側に手をついた。

「旦那様」

「どうしたんだい、新吉。おまえ、ここで何をしているんだ」

「俺、旦那様にお話が」

「今はそれどころじゃない。見てのとおりお客様もいらっしゃるんだ。呼んでもいないのに、勝手に入ってくるものじゃないよ」

誰か、と惣太郎が廊下に声をかけると、すぐに女中がやってきた。トミだ。

この子を連れていきなさいと主人に言われ、トミは怖い顔で新吉の腕を摑んで庭から引っぱりだそうとした。

その手に抗《あらが》いながら、

「違うんです！　志乃お嬢さんは悪くないんです。俺、俺がおしるべ様を――」

新吉が言い出したのと、

「駄目！」

志乃が叫んで立ち上がったのが、同時だった。

「駄目、言っちゃ駄目、ん吉」

とたん、ハッとしたように志乃は自分の口に手をやった。

「ん吉、ん吉」

新吉と呼ぼうとするのに、呼ぶことができない。

ぽろりと、志乃の目から涙が落ちた。ぽろぽろと零れて、止まらなくなって、志乃はついにそこにしゃがみ込むと「うええん」と泣きだした。

死の禍と聞いても平気な顔をしていた少女が大声で泣きじゃくっているのを見て、そうかとるいは合点した。

(自分の名前が言えなくても泣かなかったのに、この子の名前が呼べなかったのはそんなに悲しいんだ……)

「どうしたんだい、おまえ」

両親はしきりに娘を慰めようとしたが、そのうち惣太郎が思いだしたように新吉に目をやった。

「すみません、旦那様。すぐに連れだします」

「待っておくれ、トミ。——新吉。おまえ今、おかしなことを言わなかったかい。志乃は悪くないとかなんとか」

泣いている志乃を庭先で呆然と見つめていた新吉は、慌てて背筋を伸ばすと、うなずいた。

「志乃お嬢さん。俺、お嬢さんが俺のせいでこんな目にあうなんて、もう嫌です。だから言っちまいます。せっかく俺のことをかばってくれたのに、ごめんなさい」

「だから新吉、何の話なんだい」

「はい。――俺が石を投げたせいなんです。それがあたって、おしるべ様にひびが入っちまったんです。そしたら、志乃お嬢さんが」

違うの、と泣き声の合間に志乃も言った。

「犬がいたの。それでね、しん吉がいを投げたの。それで」

「二人とも、落ち着いて話しなさい」

惣太郎に窘《たしな》められて、二人がかわるがわるに説明したのは、こんな話だ。

あの日、手習所から帰る途中、辻に野良犬がいた。運悪く近くに大人はおらず、新吉は志乃を守るべく一人で果敢に野良犬に立ち向かった。――要は石を投げつけて、追っ払おうとしたのだ。

ところが投げた石のひとつが、おしるべ様にあたってしまった。慌てて駆け寄って石がぶつかったあたりを見ると、ひびが入っている。どうしようと新吉が青くなっていたら、なんと志乃がいきなり石像に手をかけて押し倒してしまった。

お嬢さん何てことをと驚く新吉に、

――これで誰も新吉が悪いなんて思わないわ。みんなにはあたしがやったって言うから、新吉はこのことを絶対に誰にも言っちゃ駄目よ。

もちろん新吉は反対した。けれどもその時、三国屋から番頭が出てきて騒ぎになってしまい、結局そのまま、本当のことを言い出せずにいたのだという。

「なんとまあ。なんということだ。……志乃、どうしてそんなことをしたんだい」

惣太郎に厳しい顔で問われて、志乃はしゃくり上げながら「だって」と言った。

「トミさんが、ん吉を店から追い出すって言うんだもの」

「あたしがですか？」

事情がわからずぼんやりしていた女中は、いきなり自分の名前が出たので驚いた顔をした。

「そうなのかい、トミ？」

寸の間首を捻ってから、トミは「ああ」とぽんと手を打った。

「確かに言いましたよ。ええ、ちょっと前のことですけどね。この新吉ときたら、皿を割った翌日には、水瓶《みずがめ》の縁を欠けさせちまうもんですから。次に何か壊したら、旦那様に言いつけて店を追い出すよと言ったんです。もちろんそう叱っただけで、本気で言ったわけじゃありませんとも」

だが、それを言われた新吉も、たまたま聞いていた志乃も、その言葉を真に受けた。石像にひびが入っているのを見て、大変だ、これが誰かに知れたら新吉が店を追い出されると、志乃は思ったのだ。

「するとおまえは、自分がやったことにするために、わざとおしるべ様を倒したというのだね。新吉をかばうために」

惣太郎の声に苦いものがあった。その結果がこれまでの自分たちの心痛なのだから、無理もない。しかも、禍は今も志乃に降りかかっているのだ。東雲屋の主人夫婦の複雑な心情は推して知るべしである。

(これが、志乃ちゃんが隠していたことだったのね)

やるせなく、るいは思う。

志乃は新吉のために嘘をついた。でもそれは、つく必要のない嘘だった。

「誰もわかっていないようなので、言わせてもらいますが」

それまで黙って場を眺めていた冬吾が、口を開いた。

「そもそもあの石像に入っているひびは、新吉がつけたものではありませんよ」

え、と誰もが冬吾を見た。

「そんなはずないです。俺が石をぶつけたんだから」と新吉。

「たかが子供が石をひとつぶつけたくらいで、あんなひびは入らない。あれはもとからあったものだ」

ひびがあるのは像の横側、注意深く見なければわからない箇所である。前を通り過ぎたくらいでは、目にとまらない。だからそれが古くからあったものだとは、皆、思わなかったのだ。

「もし最初から正直に打ち明けていれば、それくらいは誰かが気づいたことだろう。ここまでの大事にはならなかったはずだ」

嘘をつく必要などなかったと、冬吾もまた言っている。もっとも、彼のそれは叱責だ。

庭先で新吉が、座敷ではいつの間にか泣き止んでいた志乃が、そろってしゅんとうなだれた。

冬吾は立ち上がると、志乃の前で腰を下ろした。そうして静かな口調で語りかけた。

「自分のしたことの何がいけなかったのか。おまえさんはまだ、わかっていない」

志乃はきょとんとして、冬吾を見返した。

「おまえさんが端からたいして怯えていなかったのは、嘘をつくのは悪いことだとちゃんと知っていたからだ。何が悪いことかを知っていれば、おしるべ様は許してくれるはずだと思っていた。そうだな？」

志乃は目を見開いて、うなずいた。

「それなのにこうして、罰を受けてしまった。驚いているし、怖くもなった」

こくり、と志乃はまたうなずく。

つづく冬吾の声は、彼にしてはずいぶんと優しいものだった。

「おしるべ様が辻で待っている。おまえさんと話がしたいそうだ。行っておいで」

四

辻に踏み込んで、最初に感じたのは奇妙なほどの静けさだった。まだ正午を過ぎたばかりだというのに、四方に延びる道のどこにも、動くものの姿がない。道に面した店や家屋は戸を閉ざしたまま、その内側からはわずかにも人の気配は感じられなかった。

「るいさん」

ついついと袖を引かれて横を見ると、志乃が見上げている。

「おるべ様って、どんな姿をているの？　やっぱりお地蔵様の姿なの？」

(多分、浪人)

と思ったが口にはせず、るいは「どうかしらね」と微笑した。

ところで、どうして志乃と一緒にるいがこの辻にいるかというと、早い話が付き添いである。東雲屋の主人夫婦が娘を一人で辻に行かせるくらいなら自分たちも同行すると言いだし、しかし一家で押しかけられてもおしるべ様も困るだろうということになり、結局冬吾に言いつけられてるいがここに来ることになった。

「まずはおしるべ様にご挨拶ね」

るいは志乃と一緒に石像の前にしゃがんで、手を合わせた。そうして立ち上がり、振り返ったとたん、

(ほら、やっぱり)

先日の浪人がそこに立っていた。るいを見て、「これは奇遇な」などとすました顔で言う。

一緒に立ち上がった志乃が、目を丸くして浪人を見上げた。

「この人が、おるべ様？」

おや、と浪人は目を瞠った。

「これは『し』の禍を被ったか。難儀難儀」

言いながら、目尻に皺を寄せて優しく志乃を見つめる。

「さて、立ち話も何だ」

浪人は二人に手招きして、歩きだした。そのままずんずんと大股で進んでいくので、るいは志乃の手を握って小走りで後を追いかけた。そうして道を辿ること、しばし。どこへ向かっているのかしらと思ったとたん、視界が開けてるいは目を瞬かせた。

（ここ……お寺？）

寺の境内だ。このあたりの土地には不慣れなるいだが、それでもこんなに大きなお寺が東雲屋の近くにあったかしらと思う。

浪人は境内の石段に腰掛けて、二人を招いた。志乃は「お行儀が悪い」としばらくもじもじしていたが、やがて諦めて、るいの隣にちんまりと座った。

「おるべ様はどこにいるの？　あたはおるべ様とおはなにきたの」

後ろはちょっとわかりにくかった。「あたしはおしるべ様とお話しにきたの」だ。

「なに、おしるべ様ならそばにいる。話も聞こえているから、安心しろ」

浪人は朗《ほが》らかに言って、志乃にぐっと顔を近づけた。

「ところで、どういうわけで禍を被ることになったのだ？」

どうやらこの男は、子供に好かれる質《たち》らしい。果たして志乃は、躊躇いもなくこれまでの経緯をしゃべりはじめた。「し」が抜けてわかりにくい話を、浪人はふむふむ、ほうほう、ふんふんなどと時おり相づちを打って聞いている。

そうして聞き終えると、

「つまり、おしるべ様をわざと倒したことではなく、皆に隠しごとをしていたことでもなく、それより悪いことをしたために、禍を受けたというのだな」

そう、と志乃はうなずいた。

「でもそれが何か、わかんないの」

「うむ」浪人はぐっと眉を寄せて考え込んでから、

「もし俺がその新吉という丁稚なら、かばってもらっても嬉しくはないな。かばってくれた相手が自分のせいでひどい目にあうなら、なおのことだ。しかもそれが自分より年下の女の子ならば、もう自分が情けなくて恥ずかしくて悔しくて、泣きたくなるし自分を殴りたくなる」

志乃は驚いた顔をした。

「でもあた、ん吉のために」

「新吉のために？　だがおまえさんは、新吉の本当の気持ちを考えたことがあったか？　どれほどおまえさんを心配したか、わかっていたか？　毎晩、皆が寝静まってから店を抜けだして、おしるべ様に頼みに行った。――どうかお嬢さんを助けてください。俺が悪いから、禍は全部俺が引き受けますから、志乃お嬢さんには何もしないでください。そう言って手を合わせていたことを、知っていたか？」

「え……」

「両親も、今度のことではどれほど心配したかわからん。それを少しでも、考えたことはあったか」

いつの間にか、浪人の口調も声も変わっている。深く、静かな響きをおびていた。その変化に、志乃は気づいているかどうか。

おしるべ様は人の口を借りて話をすると、冬吾は言っていた。

(きっとこの人本人は、自分が何をしているかなんてわかっちゃいないんでしょうね)

傍らで聞きながら、るいはそんなことを考えていた。わかっていたとしても、すぐに忘れるだろう。先日のるいとの会話だって、覚えていないに違いない。

「おまえさんが、絶対に誰にも話すなと言えば、新吉は逆らうことはできない。それはおまえさんが主人の娘だからだ。いっそ本当のことを打ち明けてしまったほうが、新吉にとってはよほど楽なことだったろうよ」

志乃は俯《うつむ》いて、黙り込んだ。

「おまえさんは、優しい子だと思うよ。思い遣りがあって、何より賢い。だからこそ、今のうちに知っておかなければならないことがある」

「っておかなければならないこと？」

「誰かのためという名目で、他の者を踏みにじってはいけない。誰かのためという名目で、その誰かを踏みにじってはいけない。おまえさんは新吉のためと言って、皆が親しんでいる石像を倒した。新吉のために、両親を夜も眠れぬほどに心配させた。そうして新吉のために、その新吉本人に嘘をつかせて苦しめた」

志乃は顔をあげた。その顔が、泣きそうになっている。

「もし今そのことがわかっていなければ、おまえさんはこの先も、何も知らぬままに同じことをしてしまうよ。だから、罰を与えたのだ」

志乃は手の甲でごしごしと目をこすった。

その頭に手を置いて、

「許せよ、厳しいことを言った。だがな、今言ったことをよくよく考えて、ゆっくりでよいから答を見つけることだ」

そう言った浪人の声は、もとの優しい声音《こわね》に戻っていた。


その後しばらく、志乃は石段に座ったまましょんぼりとしていた。

少し可哀想だとるいは思った。おしるべ様は、案外手厳しい。ため息をついて境内に視線を投げると、ちらほらと、行き交う人影が目に入る。

（でもあの人たちは……）

死者だ。それも、ずいぶんと昔に亡くなっている。

「昔、このあたりでひどい火事があってなぁ」

浪人が、やはり石段に腰掛けたままで、ぽつりと言う。

「明暦の？」

「いかにも」

「じゃあ、その時に亡くなった人たちですか？」

「大勢が死んだ。この境内でな。炎に追われる者たちに、逃げ道を示すことができなかった。逃げ場など、どこにもなかったゆえ」

だからせめて。おしるべ様は、あの辻で、迷う者らの標となった。今度こそ、正しい道を、生きるための道を示せるように。

ふいに、志乃がるいの袖を引いた。

「帰る」

うんとうなずき、るいは少女の手を握って立ち上がった。

石段を離れて歩きだしてから、るいはふと、振り返る。とたんにあっと思ったのは、自分たちがもとの辻に立っていたからだ。

浪人の姿はすでになく、彼が立っていた場所にはおしるべ様が、静かに佇《たたず》んで二人を見送っていた。

五

その夜。

「ねえ、ナツさん」

湯屋に行った帰り道、ナツと並んで歩きながら、るいは気になっていたことを口に出した。

「冬吾様はひょっとすると、志乃ちゃんが新吉をかばっているって、最初っからわかっていたんでしょうか」

「わかっていたよ」

あっさりとナツは言った。

「え」

「あの辺の野良猫が、見ていたんだよ。新吉が石をぶつけるところから全部ね。で、あたしが冬吾にそれを伝えた」

それは東雲屋を訪れる、前の日のことだ。

やっぱり、とるいは肩を落とす。

「だったら教えてくれればいいのに」

「あんたは顔に出るから駄目だとか、言われなかったかい」

「言われましたとも」

ふくれっ面のるいを見て、ナツはくっくと喉を鳴らす。

「まあ、ややこしい事件だったね。……東雲屋の娘も、早いところ普通に話せるようになればいいが」

「そうですね」

志乃なら、きっと大丈夫だろう。どれくらいかかるかはわからないけれど、それでもちゃんと答にたどり着くはずだ。

洗い髪を夜風に流しながら、だけどさとナツは真顔になった。

「あの地蔵、ずいぶんな説教をたれていたみたいだけど、大事なことを見落としてなかっただろうね」

大事なこと、とるいは首をかしげる。

「恋心ってやつさ。どう考えたって、娘はあの新吉って丁稚に惚《ほ》れてるよ。だから何がなんでも守ろうとしたんじゃないのかねぇ」

「ええ、だって志乃ちゃんは八つですよ？」

「八つだって、女は女だ。なめちゃいけないよ」

「はあ」

「ま、新吉がこの先、苦労しなきゃいいけどね」

「……それは、大丈夫だと思います」

多分、最後におしるべ様が志乃に伝えようとしたことは、それも踏まえてのことだったのだろうと、るいは思う。

相手を大切にするように。相手の心を思うように。——それが幼い恋ならば、なおのこと。

「ふぅん。ま、それならそれで、いいさ」

さて、夜風が冷えるから急いで帰ろうと足を速めたナツだったが、

「そういえば、今回、作蔵はずいぶん大人しかったね。どうしたってのさ」

「ああ、お父っつぁんは、具合が悪かったみたいですよ」

壁のくせにどういうことだいと、ナツは呆れた。

「要するに、お地蔵様と相性が悪かったんです」

「ああ、なるほど」

二人は顔を見合わせると、同時にふきだした。

作蔵には気の毒だが、仏と妖怪では、相性がよいはずがなかった。

光文社文庫

文庫書下ろし
鬼灯《ほおずき》ほろほろ　九十九字《つくもじ》ふしぎ屋《や》 商《あきな》い中《ちゅう》
著 者　霜《しも》島《じま》け い

2019年12月20日　初版1刷発行

発行者　鈴 木 広 和
印 刷　萩 原 印 刷
製 本　ナショナル製本

発行所　株式会社 光 文 社
〒112-8011　東京都文京区音羽1-16-6
電話 (03)5395-8149　編 集 部
8116　書籍販売部
8125　業 務 部

ISBN978-4-334-77954-2　Printed in Japan

組版　萩原印刷